Ochi Goi

De

T. M. Bilderback

Traducere De

Edwin Marian Badea

CUPRINS

Capitolul 1

Nu pot exprima oroarea profundă, paralizantă şi amărăciunea pierderii speranţei pe care le simt în acest moment. Situaţia în care mă aflu este teribil de îngrijorătoare şi poate însemna sfârşitul ... poate nu sfârşitul omenirii, dar sfârşitul a tot ceea ce înseamnă normal.

Scuzaţi-mă! Am început această poveste cu sfârşitul. Permiteţi-mi să vă povestesc totul de la început!

Nu ştiu când a început totul, dar ştiu când am văzut primele semne. Eram acasă într-o sâmbătă dimineaţă, în luna septembrie, şi tundeam gazonul. Nu suntem o comunitate închisa, nici nu avem o asociaţie de proprietari. E un lucru bun , pentru că nu le-aş fi plăcut foarte mult. Nu îmi fac griji să păstrez gazonul înalt de un sfert de inch şi nu fac "dungi" în gazon atunci când îl tund . Aştept până când creşte destul de mult, iar atunci îl tai un pic, pentru a-l face oarecum prezentabil.

Vecinul meu, Ralph Johnson, este exact opusul. Ralph este obsedat de gazonul său. Rouriţa este inexistentă in iarba sa, iar narcisele nu îndrăznesc să formeze noi bulbi oriunde, ci doar în stratul de flori. L-am văzut de fapt pe Ralph pe mâini şi genunchi, cu rigla în mână, măsurând gazonul din faţă. Petrece ore întregi în fiecare sâmbătă cu o maşină de tuns gazon, un tăietor de buruieni şi o pereche de foarfece de grădină. N-am mai văzut pe nimeni altcineva aşa preocupat de propriul gazon.

Ralph şi soţia sa locuiesc la intersecţia dintre Maple şi Oak. Familia mea locuieşte alături de ei, pe bulevardul Maple.

Nu suntem apropiaţi.

Eu şi Ralph am avut "discuţii" în legătură cu îngrijirea gazonului meu care se reducea la glume insultătoare cu privire la tot ceea ce avea de-a face cu gazonul, inclusiv cea cu care l-am înţepat bine, sugerându-i să meargă înapoi şi să-şi fertilizeze propriul gazon cu rahaturile pe care le spunea.

După aceea, Phyllis, soţia mea, şi Catherine, soţia lui Ralph, au rămas prietene, dar eu şi Ralph nu prea am avut treabă unul cu celălalt.

APOI, A ZENIT ZIUA când unul dintre copiii noştri - Ralph şi Catherine nu au copii - accidental lovi si dărâmă o parte a gardului curţii care separă peluzelele noastre din spate. Era un gard privat mare, de lemn, de opt metri înălţime, cu acele triunghiuri ascuţite parţial în partea de sus pentru a-i descuraja pe intruşi să-l escaladeze. Catherine ţipă la copii, iar Phyl îi ceru scuze. Catherine a ţipat la Phyl, şi asta a fost tot. Eu şi Ralph ne-am întâlnit la gardul rupt în acea seară, i-am spus că voi plăti reparaţia gardului, şi asta a fost. Phyl şi Catherine nu mai erau prietene.

Copiii noştri, Keith şi Clarissa, sunt încă preadolescenţi. Keith are unsprezece ani, iar Clarissa are doisprezece. Ambele sunt atletice, şi, deşi le încurajez în acest sens, nu ştiu de unde vine această pasiune pentru sport. Nu sunt atletic. Din moment ce eu sunt un scriitor, exerciţiul fizic pe care îl fac este să merg pe jos pe o distanţă de câteva clădiri, mai ales atunci când încerc să costruiesc o intrigă pentru o carte. Phyllis este contabilă, şi lucrează pentru o mare firmă de contabilitate în centru. La ambele noastre locuri de muncă trebuie sa stăm pe scaune de birou pentru perioade lungi. Deci, în timp ce ambii au un metabolism optim, astfel încât să nu câştige în greutate, noi nu ne omorâm prea mult cu sportul.

După ce l-am asigurat pe Ralph că voi plăti pentru gard, am tras copiii deoparte şi le-am spus să fie mai atenţi în curtea din spate. Nu ar trebui să joace fotbal dacă nu s-au asigurat în toate părţile că nimic nu poate lovi gardul. După acea zi, nu i-am mai văzut prea mult pe vecinii noştri.

Astfel, am fost foarte surprins în acea zi, când, privind înainte în timp ce tundeam gazonul, l-am văzut Ralph traversând curtea nostra din faţă. În orice caz nu mergea în linie dreaptă,... a făcu câţiva paşi împleticiţi la stânga, din nou înainte, apoi câţiva paşi la dreapta şi din nou înainte. Avea spumă la gură, se clăti, şi totul se repetă. La început, am crezut că a consumat o bere în plus. Am oprit maşina de tuns iarba şi am aşteptat ca omul să traverseze întreaga curte până la mine.

Pe măsură ce se apropia, i-am observat ochii. Ochii goi, lăptoşi. Arătau ca marmura albastru deschis aproape lăptoasă, cu unele dungi roşii în ei. Dar lucru cel mai ciudat pe care l-am observat a fost faptul că nu m-a văzut.

Vreau să spun, mă putea vedea, în mod evident - omul venea direct spre mine. Dar nu mă vedea pe mine, nu ştiu dacă are vreun sens ceea ce spun.

Ralph se opri la doi paşi de mine şi la un pas de maşina de tuns iarba.

Ralph, în mod normal un tip destul de îngrijit, era îmbrăcat un pic neglijent astăzi. Ca să nu mai spun că era dezordonat în acea zi, era ceva ieşit din comun pentru el. Purta un tricou maro, blugi denim şi pantofi de tenis. Dar nu avea tricoul băgat bine în pantaloni aşa cum l-ar fi avut în mod normal şi nu avea şosete. Părul îi atârna neîngrijit, ca şi cum tocmai ieşise din pat, iar ochelarii îi erau strâmbi.

„Bună ziua, Ralph!", am spus cordial.

Ralph stătea uitându-se la mine cu acei ochi goi.

Am decis să-l imping un pic.

„Tai iarba prea zgomotos pentru tine? Aceasta este noua maşină de tuns iarba. Nu cred că taie uniform de la partea stângă la cea dreaptă. Ce spui?"

Ralph nu răspunse. Continua doar să se tot uite la mine.

„Ralph, e ceva în neregulă? Ce vrei? "

Buzele sale au început să se mişte, dar nu a scos nici un sunet.

„Vorbeşte, vecine! Nu te pot auzi, dacă nu scoţi nici un sunet. "

Ralph spuse, "Gâlc-gâlc!" Atunci se aplecă şi vomită aproape un galon de sânge pe noua mea maşină Cub Cadet.

Am sărit înapoi repede pentru a mă feri, spunând: " Oh, Doamne! Oh, Doamne! "

Ralph avu un spasm din nou şi vomită un alt galon de sânge pe maşina de tuns iarbă.

Dar nu era doar sânge. Era un lichid negru amestecat cu sânge în cantitate mare, împreună cu nişte chestii ondulante care nu erau larve sau viermi. Nu ştiu ce erau, dar aveau picioare şi se mişcau in toate părţile pe suprafaţa maşinii de tuns iarba. Lumina directă a soarelui părea să-i omoare, dar nu aveam de gând să ating vreunul pentru a afla.

Mirosul era oribil ca al unei fiinţe moarte, lăsată să putrezească la soare.

Mi-am scos telefonul din buzunar, îmi căzu, dar l-am ridicat imediat și l-am pus în modalitatea "sleep". Am format nouă-unu-unu, le-am explicat urgența și am rămas în linie până când a sosit prima mașină de politie.

Ralph se lăsase pe partea stângă, așezându-se în poziție fetală. Una dintre acele chestii ce se zvârcoleau începuse să se strecoare afară din nara lui Ralph, dar s-a retras în interior când a ajuns prea aproape de lumina soarelui. Gura încă i se mișca, ca pentru a pronunța cuvinte, dar gândurile, dacă mai exista vreunul, nu erau traduse în sunete.

Polițiștii din mașină opriră sirena, dar lăsară avariile aprinse. Eram la telefon cu dispecerul lor, i-am spus femeii că prima mașina de patrulare sosise, iar două persoane în uniformă veniră spre mine.

„Sunteți domnul Stiles? Dl Paul Stiles?", a întrebat polițistul în vârstă.

„Eu sunt și mă bucur să vă văd, băieți!"

Polițistul mai tânăr se aplecă deaupra lui Ralph și întinse mâna spre gâtul acestuia, probabil pentru a-i verifica pulsul.

„Eu nu aș face asta!", am spus repede. „Eu nu l-aș atinge dacă aș fi in locul dumneavoastră ... cel puțin, nu cu mâinile goale. Nu cred că ar trebui să îl atingem deloc."

„De ce, domnul Stiles?", a întrebat polițistul.

Deja, unii dintre vecini veniseră afară pentru a vedea care era motivul acelei agitații. O altă sirenă, speram de o ambulanță, se putea auzi în depărtare, urmată de o a doua.

Am indicat spre partea de sus a mașinii de tuns iarba. „Nu sunt sigur dacă mai trăiește vreunul, dar acei viermi cu picioare au ieșit din interiorul lui Ralph când a vomitat și am văzut unul începând să-i iasă din nară, dar a intrat înapoi. Vă puteți infecta cu ce are. Nu-mi imaginez chestiile alea ... în interiorul meu, dar dumneavoastră decideți singur." Am privit cum tânărul polițist a tras mâna înapoi, ca și cum ar fi fost mușcat. „Lumina soarelui pare să-i omoare, totuși" i-am spus.

Sirena, care într-adevăr aparținea unei ambulanțe, se opri cand mașina de salvare intră pe strada Maple de pe Oak. Tânărul polițist se îndreptă spre vehicul pentru a explica ce se întâmplă. Polițistul în vârstă se întoarse spre mine.

„Puteți să-mi spuneți cine este acest om, domnule Stiles?", întrebă.

„Sigur. Este vecinul meu, Ralph Johnson."Am arătat casa, parțial vizibilă peste gardul viu de pe marginea proprietății. „Trăiește acolo împreună cu soția sa, Catherine." Atunci mi-am dat seama. Cineva trebuia să-i spună lui Catherine. Nu știam cine va fi acela, dar știam că nu aveam de gând să fiu eu.

„Mă duc eu să verific, domnule, și să-i spun ce se întâmplă. Știți dacă e acasă?"

Am clătinat din cap. „N-am idee, domnule ofițer."

Cu o față sumbră, dădu din cap spre mine. „Mă duc să ii vorbesc soției sale. Vă rugăm să rămâneți aici. S-ar putea să mai avem întrebări și va trebui să semnați o declarație."

Paramedicii aveau mănuși de latex ; au scos o targă din interiorul ambulanței. Le-am aruncat o privire și am dat din cap spre polițist. „Sigur!"

Paramedicii au lăsat targa jos, pe trotuarul din fața casei mele, și s-au întors la partea din spate a ambulanței. Au scos niște salopete de plastic portocaliu luminoase și le-au tras pe deasupra uniformelor lor. Polițistul în vârstă tocmai ajunsese pe trotuar și se întoarse pe partea cealaltă a gardului viu.

Dacă Ralph ar fi fost coerent și s-ar fi putut deplasa, probabil ar fi țipat la polițist pentru că i-a distrus gazonul. Apoi, ar fi strigat ceva despre polițiștii care nu au altă treabă decât „să își bată joc de munca grea a unui cetățean bun". Polițistul probabil l-ar fi împușcat pe Ralph în acel moment.

Dar Ralph nu era coerent și nici nu se putea deplasa. Nu știam nici dacă era încă viață, iar eu nu aveam de gând să mă duc mai aproape de el pentru a afla.

M-am uitat din nou la paramedicii, care își puseseră, de asemenea, salopete cu căști mari cu geam de protecție în față. Cred că erau costume Hazmat. Erau legați cu centuri de care erau niște cutii medii atașate. Cutiile aveau furtunuri conectate la spatele căștilor de protecție.

Cu ce naiba le era frică să se contagieze de la bunul Ralph?

O altă mașină de patrulare se opri lângă ambulanță, parcând în mijlocul străzii Maple. Era încă lumină . Ar fi fost distractiv să văd pe întuneric luminile intermitente roșii, albe și albastre, și foarte patriotice cu luminozitatea lor.

Polițistul mai tânăr vorbi cu cei doi polițiști din mașina de patrulare abia venită, apoi toți cei trei polițiști se întoarseră spre casa lui Ralph. Cei doi polițiști abia sosiți intrară în grabă pe peluza lui Ralph, iar polițistul mai tânăr rămase aproape de ambulanța.

În cele din urmă, paramedicii merseră pe peluza mea, transportând targa. S-au oprit lângă corpul nemișcat a lui Ralph, iar unul dintre ei se întoarse spre mine.

„Dl. Stiles, aţi intrat in contact în vreun fel cu voma?", întrebă paramedicul. Vocea lui avea un sunet metalic, ireal. Venea printr-un mic difuzor de lângă viziera căştii lui.

Am clătinat din cap. „Nu, am reuşit să mă feresc. Slavă Domnului."

Casca paramedicului se clătină înainte şi înapoi într-un semn afirmativ exagerat. . „Dumnezeu trebuie să fi fost cu dumneavoastră azi, cu siguranţă."

Partenerul lui se ghemuise lângă Ralph. Vocea lui avea un sunet metalic, ireal la fel ca şi a partenerului. „Pare să fie numărul doisprezece, Jim."

„Wow", a spus paramedicul chemat „Jim". „Ce naiba se întâmplă?"

„Asta este exact ceea ce eram pe cale să vă întreb", am spus.

Poliţistul mai tânăr venise lângă paramedici. „Scuzaţi-mă, băieţi, au nevoie de voi alături când puteţi."

„Alături?", am intrebat. „Catherine? E rănită?"

Tânărul poliţist părea speriat şi distras în timp ce dădea din cap. „Se pare că are acelaşi lucru ca şi omul care-i la pământ. Mi-au cerut să vă întreb dacă puteţi veni să o identificaţi. "

„Desigur!", am răspuns.

„Vom avea grijă de vecinul dumneavoastră în timp ce sunteţi acolo, domnule Stiles", a spus paramedicul în picioare.

„Mulţumesc!", am spus. Am mers spre capătul curţii mele, în jurul gardului viu, până în curtea lui Ralph Johnson. Uşa de la intrare era larg deschisă.

Eram singur. Poliţistul mai tânăr se dusese lângă paramedici, fie de frică, fie ca să-i ajute.

Gazonul lui Ralph era imaculat. Arbuştii din faţa casei creşteau în straturi de mulci lemnos, alături de tufe îngrijite de trandafiri înfloriţi şi luminoase lalele verzi, ale căror flori se trecuseră deja. Toate erau aranjate cu precizie, cu spaţii egale între fiecare plantă. Traverse de cale ferată delimitau straturile şi protejau gazonul verde de invazii de mulci. Balustrade ornamentale din fier forjat decorau părţile laterale ale scărilor şi se întâlneau cu omoloagele lor în partea de sus, având rolul de a îngrădi terasa din faţă în condiţii de siguranţă şi de a proteja de intruşii care ar putea deranja viaţa privată a persoanelor rezidente.

Am constatat că de fapt mă simţeam ca un intrus urcând acele scări până la uşa din faţă. Cu fiecare pas, un sentiment de teamă creştea puternic în mine şi aproape mă făcu să alerg cu coada între picioare înapoi spre propria casă şi să mă alcund sub patul uriaş pe care îl împărtăşeam cu Phyllis. Nu am facut-o, lucru pe care aveam să-l regret mai târziu. M-am dus la uşa deschisă şi am vorbit.

„Alo!", am spus.

„În bucătărie!", a fost răspunsul pe care l-am primit înapoi.

Am intrat în foaier, apoi pe holul ce dădea în bucătăria zugravită în culori luminoase. Pereţii erau vopsiţi cu un galben strălucitor, luminos. Aparatele electrocasnice erau toate din oţel inoxidabil, strălucitor şi nepătat. Dulapurile albe erau lustruite, iar pe jos era gresie albă. Bucătăria era curată şi primitoare, cu excepţia unui singur lucru.

Catherine Johnson era ghemuită în poziţie fetală pe podea, zacând într-o baltă de sânge şi lichid negru. Mirosul de putrefacţie era prezent şi aici, de asemenea. Mai mulţi dintre viermii aceia cu picioare erau pe podea, dar aceştia nu erau morţi. Lumina soarelui nu-i atinsese, iar ei se agitau haotic pe podeaua din bucătărie. Nu părăsiseră fluidul format din sânge şi lichid negru ... nu încă. Aveau aproximativ şapte centimetri lungime şi arătau ca niste centipezi cu numai şase picioare. O singură antenă flutura în partea din faţă a fiecărei creaturi.

Catherine era moartă, de asta eram sigur. Îi ieşea un vierme din nară, altul ieşea afară din interiorul urechii ei.

Eram bucuros că nu luasem încă prânzul, pentru că am vrut să termin treburile mele pe peluză întâi.

„Dl. Stiles, aceasta este vecina dumneavoastră? ", a întrebat poliţistul în vârstă.

Am dat din cap, abţinându-mă să nu vărs. „Da, domnule ofiţer, este Catherine Johnson. Soţul ei, Ralph, este pe peluza mea din faţă."

„Se pare că are acelaşi lucru pe care îl are şi soţul ei", a spus poliţistul.

M-am uitat în jur pe podea, la băltoaca de sânge şi lichid negru. Se observa o amprenta evidentă.

Cineva păşise pe acolo.

Am realizat că unul dintre cei doi poliţişti nou veniţi călcase pe unul din viermii aceia ciudaţi, împrăştiindu-i interiorul pe podea şi în băltoaca de sânge. Celelalte creaturi au venit la viermele zdrobit şi au început să-l devoreze.

Evident, acest poliţist a fost sursa primei amprente. Probabil poliţistul in vârstă a înţeles şi el acest lucru.

Imediat după ce îmi veni acest lucru în minte, polițistul – pe a cărui plăcuță de la piept era scris numele "Richards" - spuse, „Omule, sigur merg unii după alții, nu?" I se desenă un rânjet prostesc, sadic pe față.

Numele de pe plăcuța polițistului în vârstă era „Barnes", iar pe plăcuța celui de-al treilea polițist era scris „Mitchell".

Barnes îl privi pe Richards și spuse, „ME va sta pe capul tău pentru ruinarea de probe."

„Și ce?", a spus Richards. „Au ucis-o gândacii. Orice prost poate vedea asta!"

„Dar ME nu are nevoie ca orice prost sa ruineze probele. Nu face asta din nou! "

Priveam podeua în timp ce discutau, uitându-ma la viermi. Unul ce bâjbâia drumul spre piscină se apropiase de vârful pantofului lui Richards . Se mișca repede și se cățărase deja pe partea de sus a pantofului in timp ce am deschis gura să vorbesc.

„Hei, Richards, ai un ...", am inceput.

„Au!", a strigat Richards, ridicând piciorul repede și trăgând în sus pantalonii. Era o mică pată roșie acolo. Viermele nu mai era. Doar pata, care părea o gaură ce nu sângera.

„Ce e cu tine?", a întrebat Mitchell.

„Chestia aia afurisită doar ce m-a mușcat!", a strigat Richards.

Barnes, în orice caz, s-a uitat la mine. „Ce începuseți să spuneți, domnule Stiles?"

„Am văzut unul dintre viermi pe pantoful lui Richards. I s-a băgat sub cracul pantalonului ", am spus.

„În nici un caz!!", spuse Richards aspru.

„Atunci ce e gaura aia pe tibie? Te-ai tăiat bărbierindu-te?", a întrebat Mitchell.

„Nu, doar ... e doar ... eu ...", a bâlbâit Richards.

„La naiba! Prinde-l de braț, Mitchell! Să-l ducem la ambulanța!", a strigat Barnes.

„Stiles! Plecați de aici! Duceți-va acasă! Duceți-vă acasă *acum*! "

Vreau doar să știți, că nu era nici o rușine în ceea ce am făcut.

Am fugit cum n-am fugit niciodată.

Capitolul 2

Când am ajuns la gardul viu, tânărul polițistul stătea acolo, privind indecis. A pus mâna pe arma și mi-a spus, „Hei! Stop! Oprește-te imediat!" A început să atingă pe dibuit tocul armei când Barnes a strigat de pe treptele verandei din fața casei lui Ralph. M-am oprit. Nu voiam să fiu împușcat de vreun polițist nervos.

„Dă-i drumul, Tim! Eu i-am spus să fugă! "

Tim s-a uitat la cei trei polițiștii care traversau în grabă curtea din față a lui Ralph.

„Cheamă o altă ambulanță, Tim! Avem nevoie de o altă ambulanță! Acum!"

Tânărul polițist, Tim, s-a întors și a fugit la prima mașina de patrulare care sosise acolo și a început să-l cheme pe dispecer pentru o altă ambulanță. Paramedicii tocmai încărcau targa, în care se afla Ralph în interiorul unui sac negru, în partea din spate a ambulanței, iar ei purtau încă costumele lor Hazmat. Barnes și Mitchell îl târau literalmente pe Richards la ambulanță.

„Hei! Hei!", a strigat Barnes. Unul dintre paramedici s-a întoars spre el. Barnes spuse: „Acest om a fost mușcat de una dintre creaturile acelea! Duceți-l la spital imediat! Nu este mult timp!"

Richards protesta în timp ce cei patru bărbați il duceau forțat în ambulanță. „Nu, stați, băieți! Tu mă cunoști! Sunt Richards, omule, haide! Nimic nu e în neregulă cu mine!"

Era situația cea mai teribilă pe care o văzusem până atunci, nu din cauza situației în sine, ci din cauza implicațiilor acesteia, Barnes folosi cătușele sale pentru a lega ambele mâini ale lui Richards de o bară în interiorul ambulanței. „Acum, du-te!", strigă Barnes, închizând ușile la protestele lui Richards. Dădu două lovituri în ușa închisă. Șoferul urcă în mașină, fără a-și îmbraca costumul Hazmat, iar ambulanța plecă cu luminile intermitente aprinse și sirena pornită.

Ceva mi-a atras atenția, când m-am uitat la ambulanța care pleca, și m-am întors la Barnes. „Domnule ofițer Barnes ...”, am spus.

„Sergent, domnule Stiles.”

Am ridicat din umeri. „Sergent Barnes, atunci. Am o întrebare.”

Barnes s-a uitat în jur la vecinii adunați în stradă și i-a chemat pe Tim și pe Mitchell.

Voi doi, puneți niște bandă în jurul acestor două case și trimiteți pe oameni înapoi pe trotuare, departe de aici! Duceți-vă! „Cei doi polițiști s-au grăbit să facă ceea ce le-a spus Barnes.

„Bine, domnule Stiles, se pare că avem un minut pentru noi. Care este întrebarea dvs.? ”

„Când ați plecat pentru a verifica pe Catherine, unul dintre paramedicii a spus: « Se pare că sunt doisprezece». „Ce a vrut să spună cu asta?”

Barnes a inspirat ca și cum ar fi fost pe cale să-mi spună să-mi văd de treaba mea, dar ceva în privirea mea trebuie să-l fi făcut să se răzgândească. Am continuat.

„Altceva, de asemenea. Ați fost ciudat de rapid în a-l trimite pe Richards la spital. Cred că știți ceva, dar nu spuneți. Aș vrea să știu ce este”, am terminat.

Barnes tăcu în timp ce se uita la vecinii mei. Apoi s-a uitat la cei doi polițiști supraveghindu-i pe tot drumul dintre casa mea și a lui Ralph.

În cele din urmă, Barnes s-a întors către mine: „Dl. Stiles ... ”, a început.

„Paul”, l-am întrerupt.

Barnes mi-a zâmbit sumbru. „Paul. Numele meu este Bobby. Și puteți mulțumi lui Dumnezeu în seara asta că nu ați fost infectat. Am avut solicitări în tot orașul ”.

„Ce sunt acele creaturi?”

Bobby a clătinat din cap. „Nimeni nu știe. Sunt ceva ce nimeni nu a mai văzut înainte. Nu știm sigur de unde au venit și nu știm cum să le omorâm pe toate.” A pufnit ironic.

„Nici măcar nu putem spune atunci când oamenii sunt infectați. Nu până când nu au ochii aceia goi.”

Acesta a fost primul lucru pe care l-am observat la Ralph și l-am spus.

Bobby a dat din cap. "Da, dar vecinul tău era în ultima fază. Privirea aceea goală se formează cu aproximativ trei ore înainte de a voma totul. Chiar şi atunci, trupul poartă ouăle în interior. Ouăle sunt negre ..., cred ... că vin afară cu sângele."

„Creaturile pe care le-a vomat Ralph păreau să moară în lumina soarelui."

„Nu sunt moarte."

M-am uitat la Bobby. „Poftim?"

Bobby a clătinat din cap. „Chestiile acelea nu sunt moarte. Lumina soarelui nu le ucide. Le ameţeşte doar ... le aduce într-o stare latentă."

„Doamne Dumnezeule! Cine ştie despre asta, Bobby? Ce se poate face?"

„Ştiu că trei profesori de la Universitatea din oraş sunt închişi în zona lor de carantină. Încearcă să rezolve această problemă, dar nu ies afară din carantină. Au multe alimente şi apă acolo, şi se asigură că nimic nu poate ajunge la ei. Unul este profesor în biologie, altul în fizică şi altul în chimie. Fiecare are un asistent cu el. Nu ştiu ce au aflat şi cui i-au spus. "

„Cineva trebuie să alerteze CDC din Atlanta! Să-i avertizeze pe federali! Să se anunţe pe canalele de ştiri! Bobby, trebuie sa avertizăm lumea! "

„Să-i avertizăm în legătură cu ce? Nici măcar nu ştim cum se răspândesc! Richards a fost primul pe care l-am văzut că s-a infectat prin contactul direct cu aceste creaturi, dar restul persoanelor infectate sunt un mister complet! Nu ştim dacă ouăle sunt răspândite de vânt, sau prin apă, sau pur şi simplu deplasându-se pe teren. "

„Dar oamenii trebuie totuşi să fie avertizaţi! Poate că se pot apăra într-un fel. "

Bobby s-a uitat la mine. „Paul, fii realist. Oamenii ar intra în panică, pur şi simplu. Ar începe să se ucidă de frică." S-a uitat din nou în jur la vecini. „Eşti căsătorit, Paul?"

Am dat din cap. „Da, cu doi copii."

„Sunt înăuntru?"

„Nu, copiii sunt la film, iar soţia mea are ceva de lucru în centru la birou."

„Vrei un sfat?"

„Sigur."

Bobby s-a uitat în jur din nou. Cheamă-i şi du-i naibii de aici. Du-te undeva departe de toată lumea. Protejeaza-te pe tine şi familia ta." A început să meargă mai departe, apoi s-a oprit şi s-a întors către mine. „Dar nu aşteptaţi prea mult timp. Plecaţi cât mai puteţi!"

Am analizat cu atenţie sfatul lui. Şi, sub impulsul de moment, am luat o decizie.

„Bobby!"

S-a oprit din mers şi s-a întors spre mine.

„Ai cumva un carnet şi un pix?"

„Bine." A căutat în buzunare şi a scos ambele obiecte, apoi mi le-a întins.

Le-am luat, am mâzgălit o adresă si câteva direcţii rudimentare.

„Eşti căsătorit, Bobby?"

El a clătinat din cap. „Divorţat".

I-am dat înapoi carnetul şi stiloul. "Aceasta este locaţia cabanei pe care o deţinem în munţi. Acolo vom fi. În cazul în care situaţia devine gravă, vino acolo. Am fi bucuroşi să te primim. "

Omul a zâmbit. „Mulţumesc, Paul. Aş putea să accept invitaţia."

Am dat din cap spre el, mi-am scos telefonul mobil şi am sunat-o pe Phyllis în timp ce mergeam spre casă.

PHYLLIS ERA PLINĂ DE întrebări după ce i-am explicat ce se întampla. Pentru cele mai multe dintre întrebările sale, nu aveam nici un răspuns.

„Deci, pe baza a ceea ce a spus acest poliţist, vom împacheta şi vom părăsi oraşul", a spus ea, cu un ton uşor batjocoritor.

„Da", am răspuns. „Pentru câteva zile, cel puţin."

„Ai idee cât de mult trebuie să lucrez? Nu este sezon fiscal, ci sezon de venituri, iar unele dintre companiile noastre cer ... ", a început ea, apoi s-a oprit. „Paul, unul dintre copii mă cheamă. Stai puţin."M-a pus în aşteptare.

Mă gândeam la modurile în care aş fi putut să o conving că trebuie să mergem când în cele din urmă s-a întors în linie.

„Paul, începe să împachetezi. Să luăm atât SUV-ul cât şi maşina. Putem lua mai multe cu noi în acest fel."

„Ce s-a întâmplat, Phyllis? Copiii sunt bine?"

„Era Keith. Copiii sunt bine, dar au spus că trei persoane în teatru au vomat și i-au luat ambulanțele. Keith încearcă să fie curajos, dar e doar de dragul lui Clarissa. Sunt speriați. "

„Bine, încep să împachetez. Ne vom opri pe la supermarket în drum spre cabană. Trebuie să luăm cât mai mult putem și să ținem doar un minim de haine. Putem spăla hainele, dar de alimente vom avea nevoie in primul rând."

„Ai dreptate, Paul. Voi lăsa o notă la ușa lui Browning, pentru cazul în care acesta nu răspunde la telefon. O să-i aduc la cunoștință faptul că îmi iau concediu și că nu știu pentru cât timp. Apoi, voi merge să iau copiii și vin direct acasă."

„Bine, Phyl. Fii atentă, draga mea! Te iubesc!"

„Și eu te iubesc, Paul!"

Am închis și m-am dus în garaj să caut valizele.

Am observat că mașina de tuns iarba era încă în picioare de pază în curtea din față, oferind un memento funest despre vecinul meu care tocmai murise acolo.

CÂND PHYLLIS A AJUNS acasă, aproape toată mulțimea plecase. Ambulanța venise și plecase de la vecini, iar casa familiei Johnson fusese sigilată. Banda de culoare galbenă fusese mutată, astfel că aleea nu mai era blocată, dar un pătrat de bandă mai înconjura mașina de tuns iarba.. Gardul de bandă avea patru metri lungime pe fiecare parte și a fost ridicat cu ajutorul resturilor de lemn din gardul unui alt vecin.

M-am dus afară să-i întâmpin, în special pentru a împiedica copiii să stea prea aproape de mașina de tuns iarba. Am îmbrățișat și sărutat pe fiecare, apoi mi-am îmbrățișat puternic soția.

Keith mi-a povestit pe scurt despre oamenii care vomau în teatru. Mi-a spus că în timp ce nimeni nu voma in sala unde vedeau ei filmul, au auzit de la alte persoane despre alții care vomau in alte săli. Considerând că filmul în medie dureaza două ore sau mai puțin, asta înseamnă că aceste persoane au ajuns la faza finală mai repede decât estimase Bobby, pentru că nimeni nu observase nimic la ochii oamenilor infectați.

Am avertizat copiii să nu se apropie de mașina de tuns iarba și am început să discut cu Phyllis cum era cel mai bine să încărcăm SUV-ul. Deodata, Clarissa a strigat.

„Mamă! Tată! E ceva sub mașina de tuns iarba!", spuse agitată.

„Ce?", am întrebat neîncrezător.

„Am văzut ceva mișcându-se pe sub mașina de tuns iarba!", a repetat Clarissa.

Cu toții am privit partea de jos a mașinii. După o clipă, ceva s-a mișcat dedesubt. Părea a fi cam de marimea unui șobolan mare ... sau un câine de talie mica.

Mi s-a strâns stomacul... Orice ar fi fost acele chestii, creșteau.

Era încă soare afară, așa că nu eram îngrijorat de faptul că putea ieșii de sub mașina de tuns iarbă. Nu încă... Dar, când soarele va apune? Da, presupuneam că vor ieși. Da, da. Desigur ca vor ieși.

Atunci vor ieși coșmarurile.

I-am spus lui Phyllis: „Să mergem să terminăm de încărcat! Acum!"

„Ce este asta, Paul? *Ce este asta acolo?*"

„Nu știu, Phyl, dar avea mai puțin de trei centimetri lungime, atunci când Ralph l-a vomitat. Să ne mișcăm acum, vă rog. Vreau să ajung pe drumul spre cabană înainte să se întunece."

Keith își trăgea deja sora în casă, iar eu am luat-o pe Phyl de mână. Ajunși la garaj, am împins-o pe Phyl înăuntru spunându-i: „Ia puține haine - le putem spăla sau le putem purta mai mult de o zi. Valizele încap în portbagajul mașinii. Încarcă fiecare aliment pe care îl

avem în bucătărie în SUV de îndată ce îl aduc înapoi la garaj. Lăzile cu gheață sunt în bucătărie. Voi pune jos bancheta din spate pentru a obține mai mult spațiu. Ne vom opri la un supermarket la ieșirea din oraș. Acum, du-te ... grăbește-te!"

Phyl dădu din cap, iar copiii fugiră în camerele lor ca să împacheteze. Când am dat să plec, soția mea m-a tras înapoi. „Va fi în regulă, Paul?"

„Sper, Phyl. Dar nu te voi minți - pur și simplu nu știu."

M-am eliberat de mâna ei și m-am întors la SUV. Am privit circumspect mașina de tuns iarba în timp ce întorceam SUV-ul, dând apoi în spate spre garajul deschis. Când am ieșit și am dat ocol vehiculului, s-a întâmplat să privesc fereastra de la etaj a casei alăturate.

La fereastra de la etaj a familiei Johnson era o creatură, dar acea chestie avea cel puțin treizeci de centimetri. Se cățăra pe sticlă, atingând-o în același timp cu antena. Unul din cele șase picioare era imens, cu o gheară precum un clește la capăt. Când m-am uitat, a ridicat acea gheară și a lovit fereastra cu o bătaie puternică. Sticla a ținut, dar dacă acea chestie devine mai mare sau mai puternică, sticla se va sparge.

Atunci ar fi liberă.

Era o astfel de creatură ceea ce se ascundea sub mașina de tuns iarba, așteptând ocazia de a scăpa odată ce soarele apunea? Și celelalte creaturi blocate în interiorul casei lui Ralph și Catherine? Caută de asemenea să scape? Cu siguranță! Dar, cu excepția cazului în care o fereastră era deschisă sau a unei aerisiri deschise spre exterior, nu puteau ieși. Nu înainte de asfințitul soarelui. Cum respirau, eclozând în interiorul corpului uman? Dacă pot rezista fără să respire în interiorul corpului, nu puteau și ...?

Am sărit, năvălind în casă. Am deschis cu violență ușa dintre bucătărie și garaj și am vazut că Phyl încărca o ladă cu gheață.

„Unde sunt copiii?", am intrebat agitat. „Zi-mi repede! Unde?"

Nedumerită, Phyl spuse: „În camerele lor, cred. Ce s-a întâmplat?"

„Haide!", am strigat, în timp ce fugeam pe hol spre scări.

M-am oprit în dreptul băii pentru oaspeți de la parter, iar Phyllis s-a oprit în spatele meu. M-am uitat peste tot în baie, ascultând cu mare atenție.

Era ceva în toaletă. Percepeam o ușoară mișcare în apă.

Capacul s-a ridicat câțiva centimetri și s-a trântit înapoi.

„Oh, Doamne", șopti Phyllis, cu teroare în voce.

„Du-te sus și asigură-te că nu vor folosi baia copiii. Eu mă ocup de asta", am șoptit.

Capacul toaletei s-a ridicat iar câțiva centimetri, apoi s-a trântit din nou.

„Du-te!", i-am șoptit.

Phyllis a fugit pe scări.

Acum mă confruntam cu problema capturării acelei chestii din toaletă. Am judecat situația rapid și, când capacul de la toaletă s-a ridicat s-a lăsat din nou, am făcut singurul lucru la care m-am putut gândi pe moment.

Am tras apa.

Am auzit creatura cum plesnea și stropea în timp ce mi-o imaginam învârtindu-se rapid pe măsura ce apa se ducea în gaură.

În camera noastră de oaspeți aveam încă un televizor color vechi de treizeci și doi inci, ce cântărea cel puțin douăzecișicinci de kilograme. L-am deconectat de la antenă si de la alimentare, l-am dus în baie și l-am așezat pe capacul de la toaletă.

Un lucru făcut. Încă două, și ambele erau la etaj.

„*Paul*! Vino aici, repede!", a strigat Phyllis din capătul de sus al scărilor.

Am fugit cât de repede am putut, oprindu-mă doar pentru a apuca o crosă de golf din geanta de crose pe care aveam de gând să o vând, dar pe care nu reusisem încă să o dau la prețul just. Am urcat scările in fugă și le-am găsit pe Phyllis și Clarissa în hol, afară din baia copiilor ".

Keith era înăuntru, fiind zguduit în sus și în jos în timp ce stătea pe scaunul de toaletă.

Creatura din interiorul acestei toalete trebuie să fi fost mult mai mare, pentru că Keith cântărește în jurul a 40 de kg. Avea dificultați în a-și menține echilibrul la fiecare zguduitură și era îngrozit.

„Rezistă!", am strigat.

Am fugit în dormitorul nostru și mi-am deschis dulapul. Pe raftul de sus, am găsit pe pipăite carabina mea cu două țevi calibrul 12. Am scos-o din dulap

și am desfăcut-o repede. Apoi am găsit cutia de lemn pe care o foloseam pentru a ține muniția pentru carabină, pușcă și pentru pistolul 0.357 Modelul 19 Smith & Wesson. Am luat un pumn de cartușe, am introdus două în armă și m-am întors în baie.

„Phyllis, când spun eu, îl apuci pe Keith și fugiți spre ușa băii cat de repede puteți. Voi trage în chestia aceea, dacă voi fi nevoit, dar poate că putem închide pur și simplu ușa de la baie și să-l ținem înăuntru destul de mult pentru ca noi să putem ieși din casă. "

Phyllis dădu din cap. „Bine, să fii gata și să fii atent, Paul!"

Am dat din cap în timp ce fixam arma pe umeri. Phyllis a intrat în baie și a deschis brațele, pregătindu-se să-l apuce pe Keith.

M-am pregătit și am spus: „Bine, ia-l!"

Era ca și cum totul s-ar fi desfășurat cu încetinitorul, chiar dacă a durat doar câteva secunde.

Phyllis l-a apucat pe fiul nostru și au fugit spre ușa din baie. Făcuseră doi pași atunci când capacul s-a ridicat cu violență, stropind cu apă peste tot, iar creatura sări din toaletă și aterizĂ pe podeaua băii. Phyllis ieșise din baie, iar creatura se întoarse spre mine, în timp ce stăteam acolo în prag. Nu am avut timp să apuc clanța și să închid ușa, pentru că am putut vedea mușchii picioarelor din spate încordați pentru un alt salt. Creatura era de mărimea unui șoricar. Phyllis și Keith abia ieșiseră din baie când am țintit creatura și am apăsat pe trăgaci. Împușcătura prinse creatura la mijlocul saltului, care explodă împroșcând lichid negru ce acoperi peretele din spatele ei. Toate cele șase picioare s-au desprins de corp. Capul creaturii a aterizat pe perdeaua de la duș, alunecând încet în cadă și lăsând o urmă neagră, vâscoasă.

Împușcătura fu incredibil de zgomotoasă în camera mică, iar urechile încă îmi țiuiau. Îi auzeam pe Phyllis și pe copii plângând. Apoi am auzit-o țipând pe Phyllis în timp ce indica spre dormitorul nostru.

O altă creatură ieșea din dormitor. Aceasta evident ieșise din toaleta din baia mare.

Phyllis și copiii se retrăgeau din fața creaturii. Toți trei țipau și plângeau, iar scena amenința să se transforme în confuzie și disperare.

Am dus arma la umeri din nou și am apăsat pe trăgaci încă o dată. Și creatura asta explodă împroșcând același lichid negru.

M-am întors spre baie pentru a închide ușa și, cand am apucat mânerul, am văzut creaturi mici ce șerpuiau în lichidul negru al primei creaturi pe care am împușcat-o. Toate se indreptau spre ușa de la baie. Am trântit ușa, dar am văzut că alte creaturi mici veneau spre hol dinspre resturile celei de-a doua creaturi.

„La naiba! Plecăm *acum*!", am strigat către Phyllis și copii.

Phyllis a apucat-o de mână pe Clarissa, iar eu pe Keith. Am coborât la parter. Le-am spus să apuce ceea ce puteau și să pună în mașină. M-am dus să dau o privire în baia pentru oaspeți, iar televizorul se clătina ușor înainte și înapoi. Cu siguranță, ceva încerca să iasă. Imediat după ce am trântit ușa băii, am auzit bufnitura vechiului Sanyo ce căzuse și ceva izbi ușa din interior.

N-am așteptat să văd ce era.

M-am grăbit spre bucătărie, sperând să reușesc să-mi iau carabina. Revolverul 357 era ascuns în borcanul de biscuiți de pe frigider, așa că am reușit să-l bag sub centură, la spate. Lada cu gheață era aproape plină, așa că am terminat de încărcat în ea alimentele congelate, în cea mai mare parte carne și am trântit capacul deasupra. Am luat-o și am dus-o la SUV.

Phyl așezase copii în siguranță pe scaunul din spate al mașinii. Daca am fi ajuns la supermarket în siguranță, unul dintre copii ar fi mers cu mine.

„Bine, Phyl, ne oprim la McKelvie's Foods. Ține telefonul mobil la îndemână, iar în cazul în care nu pare sigur, nu intrăm", am spus.

Phyl dădu din cap. „Bine, Paul. Fii atent, te rog!"

Am dat din cap și i-am înmânat pușca după ce am încărcat-o. De asemenea, i-am dat cartușele care îmi rămăseseră ... șapte. Puteam fi nevoiți să facem o altă oprire pe drumul spre cabană pentru a mai cumpăra haine și niște muniție.

Cabana avea energie electrică. Aparținuse părinților mei. După ce una dintre cărțile mele se vânduse foarte bine, instalasem celule solare, baterii și trei dinamuri eoliene, astfel că era energie electrică in cabană... suficientă pentru a face să funcționeze un congelator, un frigider și alte câteva aparaturi.

Când am urcat la volanul SUV-ului, nu m-am putut abține să mă uit la casa lui Johnson încă o dată. Creatura era încă la fereastra de la etaj și părea mai mare. Încă lovea cu gheara în fereastră, iar când m-am uitat, fereastra s-a spart.

Mașina mea nouă de tuns iarba Cub Cadet se balansa înainte și înapoi, ca și cum ceva de sub ea încerca să scape.

Da, era cu siguranță timpul să plecăm.

Am pornit SUV-ul, am luat-o în jos pe alee și apoi în stradă. Phyllis mă urma aproape lipită de bara de mea de protecție. M-am uitat la casele de peste drum. Nu am putut să mă abțin.

Nu am văzut nimic la familia Miller, dar se vedea o creatură la fereastra din față de la etaj a familiei Taylor. Aceștia locuiau imediat peste drum de familia Johnson și aveau, de asemenea, casa pe colț. Se părea că acele creaturi au ajuns prin canalizare la casa noastră și cele două case de peste drum. Poate ajunseseră mai departe, dar n-aveam de gând să mă duc să aflu. Am întors pe Oak, care ducea în suburbiile din partea de vest a orașului, unde se aflau toate magazinele engros. Era acolo Fast-Food-ul McKelvie, iar magazinul de articole sportive se afla în același spațiu comercial. Phyl putea lua mâncare, iar eu muniții, cel puțin încă o armă si două puşti. I-am mulţumit lui Dumnezeu că nu a trebuit să aşteptăm mult pentru arme.

Telefonul meu sună. Era Phyl.

„Paul, cum stai cu combustibilul la SUV?", a intrebat, când am răspuns la telefon.

M-am uitat la indicatorul de combustibil. „Am un sfert de rezervor."

„Şi eu tot cam atât am", a răspuns Phyllis.

„Bine, vom opri pe drum ... dupa ce ajungem la McKelvie."

„Cum crezi tu, dragă. Te-ai gândit sa dai drumul la radio?"

În sinea mea m-am pălmuit peste frunte. „Nu, sincer nu m-am gândit la asta."

„Te-ar deranja? Eu nu pot pentru motive evidente", a spus ea. Ştiam că se referea la copii.

„Bine, iubito, te sun înapoi dacă aflu ceva", am spus. Am deconectat.

M-am întors la radio şi am apăsat butonul „caută". Când s-a oprit pe muzică, am apăsat din nou. În cele din urmă s-a oprit pe un post de ştiri local.

„... susţinute de-a lungul părţii de est a oraşului. Dacă mergeţi spre est, nu luaţi autostrada. Dacă mergeţi spre vest, în munţi, totul pare în regulă deocamdată. Nu ştim prea multe despre creaturi, dar avem rapoarte de peste tot. Se pare că aceste organisme au apărut la început la marginea părţii de est a oraşului şi au înaintat în mod constant spre vest. Oficialii stării de urgenţă spun că aceste creaturi devin mai mari după ce sunt vomitate de persoanele infectate. Sunt carnivore şi canibale. Liderii încearcă să găsească o modalitate pentru a ucide creaturile, dar nu au avut succes până acum. Nimeni nu ştie de unde au venit şi nimeni nu ştie dacă acestea provin de pe planeta noastră. Cel puţin, nici o persoană oficială nu împarte aceste informaţii cu noi. Încă o dată, dacă încercaţi să ieşiţi din oraş, nu luaţi autostrada din partea de est a oraşului. Este un accident în lanţ lung de peste un kilometru sau mai mult ... "

Am oprit aparatul de radio şi am sunat-o pe Phyllis. Când a răspuns, i-am spus ceea auzisem la radio, apoi i-am zis: „Oricum, trebuie să ne grăbim prin supermarket şi mai sunt cel puţin două locuri în care vreau să merg. Avem nevoie de muniţie şi de un laptop, deoarece nu am avut timp să-l iau pe al meu. "

Am putut-o vedea pe Phyl dând din cap în oglinda retrovizoare, apoi se auzi și vocea ei: „Bine, Paul. Și putem umple ambele mașini un pic mai departe spre vest, dacă nu te superi"

Am chicotit încruntat. „Nu mă supăr deloc. Sper că numărul creaturilor va scădea, odată ce vom fi afară din oraș".

„Și eu, dragule."

Am deconectat.

PARCAREA DE LA MCKELVIE nu era aglomerată, și am putut vedea oameni mișcându-se haotic în interior. Magazinul de articole sportive Michael era de asemenea deschis, și am putut vedea câțiva oameni și acolo. Am parcat, iar Phyl a parcat lângă mine. Am ieșit cu toții din vehicule și ne-am oprit lângă caruțul pentru cumparaturi.

„Iată ce trebuie să facem. Keith, tu vii cu mine la magazinul Michael. Clarissa, du-te cu mama și luați multe conserve. Cât de multe puteți. Legume, conserve din carne, fructe ... orice. De asemenea, sos de spaghete, paste și parmezan. Lucruri care țin fără sa fie refrigerate. Luați unt, pentru că îl putem congela, și vreo 8 litri de lapte ... "

Phyllis ridică mâna. „De ce nu te duci cu Keith să luați computerul, și ne întâlnim în interiorul lui McKelvie. În acest fel, putem avea fiecare, tu și eu, câte un căruț, iar copiii pot avea un alt căruț. Așa putem lua cea mai mare parte a lucrurilor de care avem nevoie."

Am zâmbit la soția mea. Contabil tipic, gândire logică. „Da, doamnă. Și, Phyl?"

„Poftim, dragă?"

Am sărutat-o și am spus: „Fii atentă!" M-am uitat la fiica noastră. „Acest lucru este valabil și pentru tine, 'Rissa."

„Bine, tati", a spus Clarissa.

Ne-am despărțit, iar Keith și cu mine ne-am îndreptat spre magazinul lui Michael.

Capitolul 3

D oi oameni erau în magazinul lui Michael, unul era în spatele tejghelei, iar celălalt se uita pe geam.

Eu şi Keith am mers la omul din spatele tejghelei.

„'ziua, băieţi! Ce pot face pentru voi?", a spus bărbatul.

I-am zâmbit . „'ziua! Am dori o armă automată şi două puşti şi avem nevoie de muniţie, de asemenea."

„Ce fel de armă căutaţi? Am o ofertă în această săptămână o armă rusească de 12 cu o singură lovitură. Numai o sută de dolari ."

Am clătinat din cap. „Nu, am nevoie de o armă cu un încărcător care să aibă aproximativ zece cartuşe."

Bărbatul a zâmbit. „Am una care cred că o să vă placă." S-a dus la unul dintre rafturile de pe perete şi a tras jos o armă frumoasă. „Uitaţi-vă la asta." Mi-a înmânat-o.

Am controlat-o, recunoscător că familia mea a folosit mereu arme, atât pentru vânătoare cât şi pentru sport. Le-am iubit şi mi-a placut să trag la tir. Keith mergea la tir de un an , şi doar ce-i dădusem Clarissei a doua lecţie . Ambii mergeau la lecţii de tir ca raţele la apă.

Îi arătasem lui Keith cum se încarcă arma şi ce să facă pentru a încarca un cartuş pe ţeavă.

Am dat-o înapoi vânzătorului, spunându-i că o vom lua.

„Bun! Asta e armă! Acum, ce fel de puşti vă interesează?"

„Vreau un treizeci şi şase, cea cu pat de lemn pe care o văd acolo de este un SKS?" Am arătat spre puşca despre care vorbeam.

„Buni ochi! Da, asta e rusească. E cu cartuşe 7.62 x 54. Are un încărcător cu treizeci cartuşe şi cred că am altul care se potriveşte în camera din spate. Singura marcă de treizeci şi şase pe care o am este Remington, cu încărcător de zece."

„Vândută". Am luat o foaie și am scris pe ea. „Iată lista cu muniția de care am nevoie, iar eu voi lua tot ce îmi puteți vinde."

Bărbatul a fluierat. „Domnule, tocmai mi-ați făcut săptămâna bună! Numele meu este Michael Hayes. Dețin acest loc." Mi-a întins mâna.

I-am dat mâna spunând: „Eu sunt Paul Stiles. Acesta este fiul meu, Keith."

Michael a înclinat capul. „Paul Stiles, scriitorul?"

Am dat din cap.

„Ei bine, să fiu al naibii! Tocmai citesc ultima carte pe care ați publicat-o!"Arătă spre o tabletă pe care o pusese pe tejghea când am intrat.

A zâmbit. „Mulțumesc foarte mult. Sper că o să vă placă."

„Oh da! Îmi plac cărțile lui Stiles!" A scos niște formulare și mi le-a dat. „Ei bine, aici sunt hârtiile. Trebuie să văd și permisul de conducere, astfel pot face verificarea datelor."

I-am înmânat permisul de conducere și am completat hârtiile în timp ce Michael îmi verifica datele.

Cincisprezece minute mai târziu, eram gata să plătesc pentru hardware. Eram rezemat de tejghea, atunci când din întâmplare am văzut ceva pe jumătate ascuns pe raft.

Era un pistol de semnalizare, încă în ambalajul original.

Michael făcuse totalul achizițiilor mele și tocmai vrea sa-mi spună suma finală când am spus: „Voi lua și pistolul de semnalizare... și toate rachetele de semnalizare pe care le aveți în stoc."

„Dl. Stiles, doar ce mi-ați plătit chiria pentru o lună", a răspuns Michael, în timp ce adăuga și noile cumpărături la suma finală.

Am plătit totul cu cartea de credit. Am dat cele două puști lui Keith și eu am luat carabina sub braț. Cumpărasem o altă cutie de lemn pentru muniție care acum era plină. Michael a luat restul achizițiilor, spunând: „Vă ajut sa duceți aceste lucruri afară."

Ne-am îndreptat spre ieșire, dar persoana care era la rând in spatele nostru a rămas în același loc.

L-am întrebat pe Michael dacă omul se simțea bine, iar Michael spuse: „Sigur. A intrat mai devreme spunând că nu se simțea bine și a întrebat dacă ar putea sta doar pentru câteva minute, până când se simțea mai bine. I-am spus că nu era nici o problemă."

Am dat din cap, iar toţi trei am dus marfa cumparată din magazin şi am încărcart-o în SUV.

După ce am încărcat, l-am întrebat pe Michael, al cărui nume de familie era Thomas, cum o să facă cu creaturile.

Nu ştia despre ce vorbeam. Nu auzise nimic şi nu deschisese radioul sau televizorul în ziua aceea. De obicei, naviga pe internet noaptea, după ce închidea magazinul şi se ducea acasă.

I-am povestit despre ziua mea şi despre ceea ce auzisem la radio. Apoi, i-am spus unde mergem. Mă privea neîncrezător.

Keith mi-a întărit spusele, adaugând, "Dl. Thomas, una din acele creaturi ne-a atacat pe mine şi pe mama. Venise prin toaletă, iar tata a împuşcat-o. Sunt mari, urâte şi înfricoşătoare. E de înţeles dacă nu credeţi, dar nu rămâneţi sceptic prea mult timp , pentru că vă vor ataca dacă nu sunteţi atent."

Am mers înapoi în partea din faţă a magazinului de articole sportive. Toţi trei s-a întâmplat să ne uităm in acelaşi moment la omul care rămăsese în magazin.

Se aplecase şi vomitase o cantitate mare de sânge şi lichid negru.

„Oh, Doamne", am spus. „Keith, să mergem să le luăm pe fete!"

Michael, vânzătorul de articole sportive, se uita cu ochi ficşi la mizeria făcută de om la fereastra din faţă. Viermi mici colcăiau în lichidul negru împrăştiat pe fereastră şi pe un monitor, iar bărbatul s-a prăbuşit pe podea. Michael privea şocat.

„Aşa a început pentru mine ziua de azi", am spus. Am luat rapid o decizie. „Michael, ai puţin timp la dispoziţie înainte ca acele chestii să se poată deplasa în afara acelui lichid negru. Dacă vrei să vii cu noi, vom merge să luam ceea ce putem din magazin. Ţi-am făcut invitaţia, omule. Trebuie doar să te hotărăşti rapid. "

„Vanul meu este parcat chiar acolo. Îl trag lânga magazin, dacă mă ajutaţi să-mi încărc artileria ", a spus Michael.

„Fii sigur!" i-am zis. Lui Keith i-am spus: „ Caut-o pe mama ta şi spune-i ce s-a întâmplat aici. Spune-i că-l luăm pe Michael cu noi şi vom veni la magazin de îndată ce încărcăm armamentul."

„Bine, tată", a răspuns Keith, cu ochii măriţi la vederea acelui lichid negru. Ei bine, era inevitabil ca el să vadă ce se întâmplă cu ochii săi. Apoi a plecat să o găseasca pe mama sa în interiorul lui McKelvie.

Michael a tras vanul în fața magazinului de articole sportive. Când mi s-a alăturat la ușa din față a magazinului, i-am spus: „Nu călcați sângele sau lichidul negru. Am văzut un polițist făcând asta astăzi, iar una din acele chestii s-a târât spre el, i s-a urcat pe pantaloni și i-a intrat în picior. Nu vă pot explica îndeajuns pentru a vă face să înțelegeți cât de periculoase sunt aceste creauri și cât de periculoase devin."

„Bine, hai să facem ce-ați spus! De ce avem nevoie în afară de arme? Am o mulțime de MRE-uri și alte chestii pentru supraviețuire. "

„Hai să luăm toate astea, iar apoi vom lua orice altceva credem că ne poate fi util."

Ne-am privit o clipă și am intrat.

Acel miros familiar m-a lovit din nou, iar Michael și-a astupat nasul fie din cauza mirosului, fie din cauza lichidului negru- nu eram sigur. Oricare era suficient pentru a provoca reacția aceea. Sângele și lichidul negru se împrăștiaseră, dar stropii erau în vitrină și pe geam. Foarte puțini erau pe podea, și pentru asta eram recunoscător.

Niciodată nu ați văzut doi bărbați încărcând o dubă la fel de rapid cum am făcut noi. Am apucat lăzi de gheață, bidoane și chiar și saci de dormit. Erau multe cutii cu MRE, și le-am luat pe toate pe care Michael le avea în stoc. Am încărcat arme, muniții și dispozitivve pentru protecția auzului. Am încărcat ochelari de protecție și cuțite de vânătoare, arcuri și săgeți. Și , într-un fel sau altul, am încărcat totul în interiorul acelui van.

Când am plecat de la magazin, creaturile tocmai începuseră să cadă de pe raftul ce servea ca zonă de expunere in vitrină și se deplasau deja pe podea. Michael a închis ușa, încuind-o bine.

„Acum ce facem, Paul?", a intrebat.

„Să tragem vanul dumneavoastră lângă mașinile noastre, iar apoi să mergem înăuntru la McKelvie. Ce spuneți?"

Michael dădu din cap. "Este ok."

Am parcat duba și am intrat în supermarket.

Nu era aglomerat deloc. Magazinul avea foarte puțini clienți, mai puțini decât într-o noapte normală. Când am trecut pe lângă unul dintre băieții de la casă i-am spus: „Este liniștit în seara asta."

Băiatul a dat din cap. „Da, domnule, este. Nu știu ce se întâmplă, căci nu am avut mulți clienți toată după-amiaza."

„Wow", am spus, sau ceva de genul asta.

Michael şi cu mine an luat fiecare câte un caruţ pentru cumpărături şi am început să-i caut pe Phyllis şi pe copii. În timp ce treceam pe langă raionul cu sucuri, Michael a spus: „Crezi că ar trebui să luăm şi sucuri?"

Am dat afirmativ din cap. „Nu ne pot face rău, nu? Nu ştim cât de mult vom sta la cabană, aşa că e bine să luăm!"

Michael a început să umple căruţul, iar eu am continuat să o caut pe Phyllis. Ea şi copiii erau cu două rânduri mai încolo, în faţa supelor în conserve.

„Tati!", strigă emoţionată Clarissa.

„Bună, tată!", a spus Keith. „Aţi luat tot de ce avem nevoie?"

„Sigur, fiule! Michael are o dubă, şi e plină până la refuz! Bună, dragă", i-am spus lui Phyllis. Mi-am pus un braţ în jurul umerilor ei şi am sărutat-o.

„Deci, am auzit că ţi-ai făcut un prieten", a spus ea.

Am dat din cap. „Vine cu noi, Phyl. Ne poate fi de ajutor."

„Şi proviziile?" A adăugat cu glas scăzut: „A fost rău?"

„Da. Creaturile tocmai începuseră să iasă din lichidul negru când am plecat."

A clătinat din cap, ca şi cum ar fi vrut să spună- „De necrezut!"

„Da, trebuie să ne grăbim. Nu vreau să fiu aici când devin mari ", am spus.

Phyl avea două căruţuri. Ea împingea unul aproape plin, şi cel împins de copii care era supraîncărcat cu cutii de alimente, sticle de apă şi cutii cu diferite produse, cum ar fi biscuiţi şi paste, care se puteau păstra pentru o lungă perioadă de timp.

Luase, de asemenea, lapte praf şi lapte condensat. Eu nici nu mă gândisem să iau aşa ceva.

„Paul, acum ar trebui să mergem?", a întrebat Phyllis, citindu-i-se îngrijorarea pe faţă.

„Nu, mai avem timp. Dar să ne grăbim."

Am umplut căruţul ei şi al meu, iar apoi ne-am întâlnit cu Michael, care îşi umpluse căruţul cu suc, precum şi alte bunuri non-perisabile.

Când am ajuns la case, doar două erau deschise. La una era o adolescentă, iar la cealaltă o femeie de vârstă mijlocie. Nici una nu era ocupată, aşa că eu m-am dus la adolescentă, iar Michael la femeia de vârstă mijlocie. Cele două casiere au început să bage în pungi cumpărăturile noastre.

„Wow! Aţi cumpărat o mulţime de alimente!", a spus fata de la casă. Am citit pe ecusonul ei „Teresa". „Nu cred că am mai împachetat vreodată atât de mult pentru un client!" A facut suma totala a cumpărăturilor, şi, în timp ce plăteam cu cartea mea de credit, Clarissa m-a împins.

„Tati", şopti ea.

„Ce este, scumpo?"

„Uite!", şopti Clarissa din nou, arătând spre partea din spate.

Pe capacul vitrinei cu carne era o insectă. Dar aceasta era un nou tip de insectă pe care nu îl mai văzusem.

Avea aripi. Lungă, robustă, cu membrane transparente, cu nervuri peste tot . Avea o trompă lungă, ascuţită şi o antenă lungă provenind din centrul capului. Ochii ei erau negri, cel putin aşa mi s-au părut de la acea distanţă. Părea atentă la carnea din interiorul vitrinei. În timp ce priveam, a sărit jos, între bucăţile de carne şi a început să introducă trompa în pachete. Avea aproximativ dimensiunea unui câine terrier Jack Russell.

„Oh, la naiba", am şoptit.

Phyllis m-a auzit, şi Teresa, de asemenea.

„Ce este, Paul?", a întrebat Phyllis.

Am dus degetul la buze într-un gest de „şşşşşşşş" universal, apoi am arătat în spate.

Phyllis a privit pentru un moment, fără să o vadă. Insecta s-a mişcat şi i-a atras atenţia. Faţa ei şi-a pierdut culoarea.

„Paul", a spus ea încet, „trebuie să-i luăm de aici pe aceşti oameni ... să-i luăm cu noi."

Am calculat spaţiul pe care îl aveam şi am dat afirmativ din cap. Aveam camere.

Teresa s-a aplecat pentru a vedea ceea la ce ne uitam. Când a văzut-o, a tras aer în piept, pe cale de a ţipa. I-am pus mâna la gură, şoptindu-i: „Teresa, nu ţipa! Nu ştiu ce atrage aceste creaturi, dar nu putem risca să le stârnim datorită zgomotului. Înţelegi?"

Teresa a dat din cap. În timp ce vorbeam cu ea, Phyllis a atras atenţia femeii de la casă, arătându-i creatura. A văzut-o şi Michael, de asemenea, şi a arătat-o femeii de vârstă mijlocie - „Millie" era numele ei. Copiii au arătat creatura băiatului de la ambalări.

„Acum, ascultați cu atenție", am spus. „Întregul oraș este asaltat în mod progresiv de creaturi – se transmite deja la radio. Se îndreaptă spre vest. Noi avem o cabană în munți. Acolo mergem, iar Michael vine și el. Vrem să veniți cu noi, în foarte mare liniște , deoarece acestor creaturi li se vor alătura în curând multe altele. Trebuie să plecăm acum. Lăsați totul și să mergem. "

Tereza, Millie și băiatul de la ambalări, Richie, au dat din cap afirmativ și au început să ne ajute să împingem căruțurile. Celălalt băiat de la ambalări, Tommy, nu părea îngrijorat.

„Nu mi-e frică de insecte", a spus el sfidător, cu toată fanfaronada unui copil în vârstă de șaptesprezece ani. „Voi ucide chestiile astea."

M-am oprit, făcând semn ceilorlalți să meargă mai departe. Au ieșit toti pe ușă. M-am întors către Tommy.

„Tommy, nu știu ce poate face chestia aceea, dar cred cu tărie că ar trebui să te gândești bine, fiule", am spus incet. „Lasă totul așa și hai să mergem."

„La dracu cu asta! Și du-te dracului, domnule!", Tommy luase un mop de pe un raft din fața ferestrelor. A desprins capul mopului de pe baston și a lovit podeaua cu el. „Nici o insectă nu o să mă sperie!"

Am auzit ceva mișcându-se prin aer extrem de rapid, iar insecta a zburat deasupra lui Tommy , lovind apoi fereastra. S-a redresat și l-a atacat pe Tommy din nou. Acesta a agitat mânerul mopului spre creatura, dar a ratat.

Apoi am auzit un sunet ce mi-a făcut părul măciuca. Suna ca un roi de albine, dar era ca și cum sunetul ar fi fost redat printr-un amplificator. Era destul de tare încât să facă podeaua să vibreze și venea din direcția vitrinei cu carne.

„Tommy!", am strigat din dreapta ușii. „Trebuie să mergem acum!" și am ieșit pe ușa care se închise automat în urma mea.

L-am auzit pe Tommy strigând: „În nici un caz!"

M-am uitat înapoi în timp ce fugeam și am văzut trei insecte zburând în jurul lui Tommy. M-am oprit, fascinat de ceea ce vedeam. Se învârteau în jurul lui, zumzăind din ce in ce mai aproape de capul lui de fiecare dată. Tommy a încercat să lovească cu mânerul mopului de mai multe ori, dar continua să le rateze. În cele din urmă, una dintre ele a zburat destul de aproape pentru a lovi capul lui Tommy. Trebuie să-l fi mușcat când l-a lovit, deoarece a început să curgă mult sânge de la rana provocata la cap. Părea amețit de lovitură și a continuat să agite inutil mânerul mopului. O altă insectă sau poate aceeași l-a lovit din nou, trântindu-l la podea. Insecta a disparut apoi din raza vizuală, urmată de celelalte două. Nu am mers înapoi să mă uit.

M-am grăbit să ajung la mașini, dând din cap in timp ce mergeam.

Teresa a întrebat timid: „Tommy vine?"

„Nu, Tommy nu va veni", am răspuns.

Teresa a început să plângă încet.

Era totul ambalat în cele trei vehicule. Nu cred că ar mai fi putut încăpea altceva în interiorul lor atunci când am terminat. Așa cum era, toți trebuiau să se înghesuiască împreună în mașini. În timp ce intram în mașini, soarele începea să atingă orizontul.

Am auzit cu toții o bufnitură tare. Venea de la magazinul lui McKelvie, și era zgomotul făcut de ceva ce lovise una dintre ferestrele uriașe de sticlă. Toți ne-am întors să ne uităm, și ceea ce am văzut acolo ne-a făcut să înghețăm.

Nu era vreun centimetru liber pe fereastra din interiorul magazinului. Era acoperită de insecte ce-și fluturau aripile , schimbându-și continuu pozițiile. Am auzit un ciocănit și am observat o pereche de insecte atingând fereastra brusc cu trompele lor. În cazul în care toatea începeau să ciocăneasca, fereastra s-ar putea sparge. Sau, acestea ar putea găsi ușa automată, lucru care ar fi mai rău.

„Bine, e timpul să mergem", am spus. Am dat instrucțiuni: "Nu vom merge pe autostradă, deoarece va fi doar o chestiune de timp înainte de a fi complet blocată. Vom lua autostrada 72 spre Pine Valley, în munți. Vom merge la cabana noastră de acolo."Am dat să intru în SUV, dar m-am întoars. „Trebuie să oprim pentru combustibil. E un oraș, Murray, la douăzeci mile pe autostradă. Ne vom opri acolo."

O privire rapidă la Michael Sportive ne-a spus chiar mai mult. Fereastra era acoperită cu viermi de dimensiunea șobolanilor.

Am condus spre ieșirea din parcare. Keith și Richie mergeau cu mine în față pe scaunul din dreapta. Phyllis mă urma cu mașina ei. Le avea pe Clarissa și Teresa cu ea. Michael era în spate cu duba, cu Millie pe scaunul pasagerului. Nu am mai luat și mașina altcuiva, pentru că am fi avut destule probleme în a găsi suficientă benzină pentru cele trei vehicule. Pe lângă asta, nu voiam să ne îndepărtăm prea mult unii de alții. Am dat unii altora numerele de telefon mobil, iar Michael a adus câteva radiouri portabile pe care le avea în stoc. Fiecare dintre noi a primit unul și baterii noi pentru a le menține in funcțiune.

Nu erau cine ştie ce, dar erau mai bine decât nimic în cazul în care telefoanele mobile nu ar mai fi funcţionat.

Am pornit radioul. Postul de ştiri nu transmitea, însă celelalte posturi da. Problema devenise suficient de gravă pentru ca sistemul de alertă de urgenţă să fie activat.

„... şi tuturor locuitorilor li se cere să rămână în interiorul locuinţelor. Preşedintele a ordonat Gărzii Naţionale să se activeze în toate cincizeci de state pentru a încerca să oprească înaintarea insectelor. Par a fi mai multe specii diferite, iar acestea nu sunt insecte adevărate. Aceste creaturi au plămâni şi sunt cu sânge cald. Oamenii de ştiinţă suspectează că insectele au făcut autostopul în drumul lor spre pământ luând un meteorit, deşi există asemănări puternice cu insectele din perioada jurasică şi alte perioade preistorice. ADN-ul este codificat de oamenii de ştiinţă de top ai guvernului în încercarea de a descoperi ... ". Am închis radioul.

Am văzut că Richie îşi scosese telefonul.

„Richie, vrei cumva să încerci să-ţi apelezi părinţii? Să-i informezi că eşti bine?", am întrebat.

Richie s-a uitat pe fereastră pentru un moment înainte de a răspunde. „I-am apelat. L-a ambele numere a intrat automat mesageria vocală." S-a întors spre mine cu lacrimi în ochi. „Trăim într-una dintre subdiviziunile Maple Meadows."

Era la patru cladiri de casa noastră.

„Poate sunt la muncă, Richie", am spus.

„Amândoi lucrează seara, domnule Stiles. Nu pleacă înainte de şapte."

Am privit drumul pentru două secunde. „Îmi pare rău, fiule."

„Vă mulţumesc, domnule. Şi vă mulţumesc pentru că ne salvaţi."

Am mers în tăcere timp de câteva minute.

Keith a spus: „Tată, acesta este sfârşitul lumii?"

Am zâmbit şi am spus: „Nu, Keith."

„Dar dacă insectele îi ucid pe toţi?"

„Lumea va merge mai departe. În plus, nu suntem morţi încă. Şi nu vom fi, dacă vom avea un cuvânt de spus în legătură cu asta."

Capitolul 4

Ne-am oprit la Murray ca să facem plinul. Micul magazin fusese lăsat deschis, cu luminile aprinse, iar pompele de benzină funcționau, dar nu era nimeni înăuntru ... cel puțin, nimeni pe care să-l putem vedea.

Erau destule pompe, așa că toți am parcat sub bolta puternic luminată. Phyllis a băgat benzină, apoi Michael, iar Richie a pompat în a noastră. M-am dat într-o parte, fiind atent. Eram îngrozit la gândul că ne putea prinde înserarea afară.

„Toată lumea să facă plinul!", am spus. „Nu vrem să ne oprim din nou, până când nu vom ajunge la cabană!"

Parcă țineam predică unui cor. Toți știau deja că trebuie să umple rezervoarele. Era nervozitatea mea cea care mă făcea să repet.

Nu pot să vă spun cât de nervos mă făceau acele insecte zburătoare. De când le-am văzut, îmi venea tot timpul în minte expresia „moartea de deasupra". Insectele târâtoare erau una, dar insectele zburătoare reprezentau un set complet diferit de circumstanțe. Soarele apusese, dar era încă amurg. Era destul de luminos ca să pot vedea cerul și nu am văzut nici o insectă zburând.

Continuam să mă gândesc la ceea ce au spus la radio despre faptul ca insectele acestea aveau plămâni și că erau cu sânge cald. Oamenii de știință spuseseră de ani de zile că singurul motiv pentru care insectele nu cresc mai mari este faptul că nu au plămâni. Oare aceste insecte fuseseră modificate genetic în laborator, și au scăpat? Sau erau mutații care rămăseseră ascunse până numărul lor a crescut? Sau, indiferent cât de bizar poate părea, or fi venit într-adevăr cu un meteorit de undeva din spațiu?

Se pare că nimeni nu știa sigur. Deocamdată, oamenii de știință ai guvernului poate au descifrat codul ADN-ul al acestor creaturi și poate că au aflat mai multe despre ele. Dar noi ce am putea face între timp?

Am clătinat din cap, încercând să scap de aceste gânduri. Trebuia să mă concentrez aici şi acum şi să ajut să ţin opt persoane în viaţă. Iar în situaţia noastră, nu numai zi de zi sau oră de oră. Ci minut de minut.

„Am făcut plinul toţi, Paul!", a spus Phyllis. „Mai trebuie să mergem înăuntru pentru ceva?"

Plătiserăm toţi cu cardul la pompa de benzină, asa că am spus: „Nu, dacă nu avem nevoie de nimic."

Michael a vorbit: „Mi-ar prinde bine o ceaşcă de cafea."

„Şi mie", a adăugat Millie.

După cum s-a dovedit, toată lumea avea nevoie de ceva de băut.

„Bine, cineva trebuie să rămână aici şi să supravegheze. Cred că ar trebui să rămână Michael sau eu ", am spus.

„Tot de ce am nevoie este o cafea neagră mare", a spus Michael. " „Dacă mi-o aduceţi, rămân eu."

Am fost de acord, aşa că am plecat toţi în interiorul magazinului.

Nu era nimeni înăuntru. Era pustiu, dar era un televizor aprins pe bufet la care se vedeau imagini şi videoclipuri cu stadiile creaturilor. Ne-am oprit toţi şi am privit. Nu se auzea nici un sunet, dar nici nu era nevoie. Erau creaturi care arătau ca nişte miriapode, cu cleşti mari. Unele dintre creaturi aratau ca o încrucişare între un ţânţar şi o raţă, cu o trompă lungă, ascuţită, un cioc şi aripi cu pene. Erau videoclipuri ale oraşului năpădi[1]t de insecte, iar multe dintre aceste videoclipuri erau înregistrări făcute de camerele de supraveghere. Nu erau prezentate ştiri, probabil din cauza pericolului.

Imaginea s-a mutat la un canal de ştiri, iar Richie, găsind telecomanda de la televizor, a ridicat volumul sunetului.

"... şi armata islamiştilor fundamentalişti din Irak a declarat că este responsabilă de eliberarea acestor monştri hibrizi asupra „infidelilor din Vest". S-a sugerat că oamenii de ştiinţă ruşi, sub controlul mafiei ruse, a creeat aceşti hibrizi pentru bani. Guvernul irakian neagă orice implicare şi denunţă această acţiune ... "

„Este de ajuns", am spus. „Opreşte-l, te rog, Richie!"

L-a oprit.

---

1.   http://hallo.ro/search.do?l=&d=en&query=n%C4%83p%C4%83di

„Ei bine, asta explică de unde au venit", a spus Phyllis. „Sunt mutații genetice, create de câțiva ruși idioți. Dar cum s-au multiplicat atât de mult și atât de repede?"

„Nu știu și nu-mi pasă", am răspuns. „Hai să luăm ce avem de luat și să plecăm de aici."

Nimeni nu a avut ceva de spus în contradictoriu. Cu toții și-au ales băuturile, iar Millie a luat cafeaua pentru Michael. Millie a întrebat: „Ar trebui să plătim pentru astea?"

Aveam o bancnota de douăzeci în portofel. Am scos-o și am pus-o pe casa de marcat.

„Aceasta va acoperi băuturile noastre", am spus. „Dacă nimeni nu o ia, nu este vina noastră, și n-am făcut nimic rău." Am arătat la camera de supravehere. „Asta demonstreaza că am plătit, dacă o fi nevoie vreodată."

În timp ce părăseam magazinul, Michael ne-a oprit. „Ascultați!"

Am ascultat, dar n-am auzit nimic. „Nu se aude nimic",i-am spus lui Michael.

„Aveți dreptate. Nimic. Nu tu trafic, nu tu câini lătrând sau zgomote de orice fel făcute de oameni ", a spus Michael. „Asta nu vi se pare ciudat?"

Am început să devin nervos. „Da, așa e. Să mergem."

Când am trecut prin Murray, nu am văzut nici măcar o mașină sau persoană. Sau un câine, măcar.

LUCRURILE AU FOST DIFERITE atunci când am ajuns la Pine Valley. Mica noastră caravană era doar una dintre multe altele. Era ca și cum toată lumea de pe o rază de câteva mile în jur trecea prin oraș în drumul lor spre o siguranță sperată, departe de insectele care avansau. Traficul era groaznic, dar am reușit să rămânem împreună.

Am folosit radioul pentru a o apela pe Phyllis si Michael și am spus: „Trebuie să schimbăm direcția după o milă și jumătate. Virați la dreapta pe Ruta 16. Se merge în sus, în munți. Vom face încă două virajuri după aceea. Să stăm cât mai aproape putem."

Atât Phyllis cât și Michael au răspuns afirmativ.

Mergeam în ritm de melc și nu am reușit să aflăm ce cauza încetinirea traficului, fiindcă am intrat pe Ruta 16 înainte de a afla motivul. Am luat-o pe 16 și am început să urcăm. Munții Stâncoși sunt minunați, dar din cauza întunericului am putut vedea doar ceea ce era luminat de faruri. N-am văzut nici un vehicul care să vină din sens opus.

Am ajuns la primul viraj și am luat-o pe Drumul Județean numărul opt. Am mers aproape trei mile, apoi am întors la stânga pe drumul de pietriș, care ducea la cabana noastră. Nu exista rețea electrică aici, nici stâlpi de telefonie care să mărșăluiască spre nicăieri și să maculeze peisajul. Erau doar munți, copaci și arbuști. Speram să nu fie și creaturile de care fugeam.

În timp ce luam ultima curbă pe drumul pietruit, am putut vedea cabana. Era frumoasă, o cabană în forma de A cu două etaje cu șindrile și pereți din lemn, toate cioplite de mână din copaci luați din pădurea din jur. Fusese construită de străbunicul meu în anii treizeci, înainte ca oricine altcineva să fi locuit pe aici. Acum aveam vecini, în orice caz. Două femei aveau o cabană în comun un pic mai departe de-a lungul drumului. Au trăit acolo pe tot parcursul anului, iar noi fusesem întotdeauna prietenoși cu ele. Se uitau și la cabana noastră atunci când nu eram acolo, așa că aveau chei, desigur.

Erau trei dependințe. Într-o anexă se afla fântâna, iar în alta se aflau bateriile și generatorul pe benzină pe care îl foloseam atunci când nu era vânt, iar cerul era acoperit de nori. Nu a fost folosit de multe ori, dar avea un comutator automat care îl pornea dacă bateriile se descărcau sub o anumită limită. În a treia dependință se afla o considerabilă cameră frigorifică. Morile de vânt gemene, una pe partea de nord a cabanei și una pe latura de sud, erau puse in mișcare de briza care venea din partea de sus a muntelui. Mai erau și câteva rânduri de celule solare înclinate ușor spre sud. Cu morile de vânt și celulele solare, rareori a trebuit să utilizăm generatorul.

Camera frigorifică am adus-o înainte de nașterea copiilor. Eu și Phyllis am decis să petrecem un weekend de patru zile la cabană cu un an în urmă, în ultima săptămână a lunii septembrie. Ea își luase liber o zi de vineri și următoarea zi de luni. Am adus hrană suficientă pentru week-end. Duminică seara, o zăpadă timpurie care a surprins pe toata lumea ne-a blocat pe munte timp de o săptămâna. Am ținut de hrană până când am putut pleca de la cabană, dar vara următoare, am cumparat camera frigorifică, am pus să ne fie adusă la cabană, și am construit o dependință securizată în jurul unei platforme de beton pentru a o ține acolo. De asemenea, am umplut-o bine și am reînnoit stocul în fiecare an. Acesta a fost singurul lucru la cabană care a funcționat pe tot parcursul anului. Aceasta și frigiderul din interiorul cabanei.

Am parcat mașinile una lângă alta, cât mai aproape posibil de treptele verandei. Am ieșit toți afară și am rămas pe loc încercând să ne întindem mușchii încordați, ascultând sunetele nopții.

Sunetul normal al brizei care venea în jos de pe munte și al lamelor eoliene ce tăiau vântul erau cele două sunete principale. Nu se auzea nici o insectă și nici un zgomot al vreunui animal din pădure nu a ajuns la urechile noastre. Asta putea fi bine sau rău.

Lipsa zgomotului de insecte mă deranja, totuși. Am simțit că asta îmi dădea fiori.

Când am terminat să ne întindem membrele, gemând, și să ne relaxăm corpurile, Michael a spus: „Ce să descărcăm mai întâi?"

„Nimic. Nu, încă", am spus.

„S-a întâmplat ceva, Paul?", a întrebat Michael.

Am ridicat din umeri. „Trebuie doar să verificăm totul întâi. Haide și tu cu mine. Vom începe cu anexele. "

„Tu cunoști casa."

Am luat fiecare o pușcă de vânătoare. Richie a cerut și el una. I-am dat una. A dat să vină cu noi, dar l-am oprit și l-am tras de-o parte.

„Richie, am nevoie ca tu să stai aici, te rog!"

„De ce, domnule Stiles?", a întrebat el. „Știu să umblu cu armele acestea la fel de bine ca oricare dintre voi."

„Nu am nici o îndoială, fiule." Am arătat. „Uită-te acolo. Trei femei și doi copii. Phyllis poate umbla cu o armă la fel de bine ca și mine, dar are nevoie de ajutor. Eu îl am pe Michael.

Phyllis te are pe tine. Vreau să stai cu ei și să o ajuți la protejarea grupului. Înțelegi?"

Mi-a urmat linia mea de raționament și a ajuns la aceeași concluzie. „Aveți dreptate, domnule. Trebuie să admit, sunteți destul de isteț pentru un scriitor!"

„De aceea suntem numiți fulgi de zăpadă speciali, Richie", am răspuns.

Am revenit la Michael și i-am spus: „Michael, Richie stă aici cu grupul. O va ajuta pe Phyllis să-i țină pe toți în siguranță."

Michael, slavă Domnului, a înțeles repede. „Bun. Un lucru mai puțin pentru care să ne facem griji, cu Richie aici." S-a uitat la Richie. „Nu ținti cu arma ceva ceva în care nu intenționezi să tragi dacă trebuie și nu trage în ceva pe care nu intenționezi să-l ucizi. Sau în cineva. Este totul în regulă, puștiule?"

Richie a dat din cap. Ținea pușca peste partea din față a corpului, cu țeava în sus. „Da, domnule!"

M-am dus la Phyllis. „Vom verifica dependințele, iar apoi cabana. Richie va sta aici, cu tine."

Phyllis m-a privit în ochi: „Fii atent, Paul Stiles!"

„Fii atentă, de asemenea, Phyllis Stiles."

Am sărutat-o repede pe buze și m-am îndreptat spre anexa unde erau bateriile. Aveam cheile de la lacăt, așa că l-am deschis și, după ce am numărat până la trei, am deschis cu o lovitură ușa. Nu era nimic acolo care nu ar fi trebuit să fie.

Am trecut la casa fântânei și am repetat procesul. Nimic.

Ne-am mutat în clădirea mică solidă care a fost construită în jurul congelatorului. Am verificat în interior. Nimic.

Era timpul să verificăm cabana. Din motive pe care nu le înțelegeam, eram nervos. Mi se făcuse pielea de găină. Chiar atunci, mobilul meu a sunat.

În timpul lunilor calde, aveam semnal la cabană. Una dintre companii închiriase un teren pe munte și a construit acolo un turn. Au instalat, de asemenea, generatoare și celule solare pentru a menține aparatura în funcțiune. Odată căzută zăpada, totul se oprea.

Deci, aveam semnal. Am sărit atunci când a sunat, pentru că m-am speriat.

M-am uitat la număr, dar nu l-am recunoscut. Am răspuns.

„Alo?", am spus.

„Stiles? Paul Stiles?", a spus vocea de la celălalt capăt.

„Sunt eu", am răspuns.

„Eu sunt Bobby Barnes. Mai este valabilă oferta referitoare la cabana ta? "

Era polițistul pe care îl întâlnisem mai devreme în ziua aceea. A reușit să iasă și el din oraș.

„Sigur că da, Bobby! Unde ești?"

„Doar ce am făcut la dreapta pe Ruta 16."

„Noi?", am întrebat.

Bobby a râs. „Da, am luat câţiva hoinari de pe drum. Nu o să-ţi vină să crezi când o să vezi ceea ce aduce unul dintre ei! Ne-ar putea fi de mare ajutor mai târziu!"

„Eşti doar la câteva minute distanţă, Bobby. Haide sus pe munte şi vom vedea cum vom face. Cum ţi se pare?"

„Sună bine. Vom fi imediat acolo!"

„Hei, Bobby, va fi soţia mea afară, Phyllis. Am luat şi eu câteva persoane şi doi dintre noi vom intra înăuntru pentru a verifica cabana. Ştii, ca să ne asigurăm că este totul în regulă."

„Ajungem imediat, Paul! Ne vedem acolo!"

Am deconectat şi i-am zis lui Michael: „Trebuie să vorbesc cu Phyl. Vino cu mine. Trebuie să auzi asta."

Am tras grupul în jurul meu şi le-am spus: „M-a sunat poliţistul care m-a ajutat mai devreme. L-am invitat aici în această dimineaţă şi i-am dat indicaţii cum să ajungă. Tocmai a intrat pe Ruta 16 şi ar trebui să fie aici în câteva minute. A spus că a luat câţiva oameni de pe drum, şi i-am spus că este în regulă." M-am uitat la Phyl. „I-am spus să se uite de tine, pentru că eu şi Michael vom verifica cabana."

„Unde să le spun să parcheze?", a întrebat ea.

„Aproape de cabană. Cât mai aproape posibil."

Phyl dădu din cap, iar eu m-am întors spre Michael.

„Gata?"

„Mai gata ca oricând", a spus Michael.

„Să mergem, atunci."

Am păşit pe treptele verandei. Le-am urcat şi ne-am oprit pe covoraşul din faţa uşii. Am încercat mânerul înainte de a descuia uşa. E un obicei de care nu pot scăpa. Ştiu, pentru că am încercat.

Uşa de la intrare era descuiată.

Acum, în mod normal, nu ar însemna prea mult şi nu m-ar deranja. Putea însemna doar că Susan şi Cheryl, vecinele noastre, trecuseră pentru a verifica cabană şi au uitat să încuie uşa când au plecat. Din anumite motive, asta m-a deranjat în acest moment. Şi m-a deranjat foarte mult.

I-am aruncat o privire lui Michael şi am spus încet: „Fii pregătit pentru orice, amice!"

A dat din cap.

Am intrat. Amândoi aveam puști, fiindcă fac cele mai mari pagube la mică distanță. Michael a luat-o pe partea stângă, iar eu pe cea dreaptă, inspectând cu atenție camera de zi. Erau toate la locul lor. Am dat din cap spre Michael și am început să ne îndreptăm în liniște spe holul principal. Era o cabană mare, cu o cameră de zi mare, sufragerie și bucătărie. Un hol scurt ducea spre o încăpere pe care Phyl și eu o foloseam ca birou, baia de la parter și dormitorul matrimonial. Dat fiind faptul că mult spațiu din camera de zi, sufragerie și bucătărie era deschis, am putut vedea în lumina slabă că totul era în regulă. Totul părea neatins.

Am intrat în holul mic. Prima ușă la care am ajuns era cea a unui dulap. Nimic nu era ascuns în interior, doar îmbrăcăminte și fleacuri pe care le-am strâns aici de-a lungul anilor. Următoarea ușă era de la baie. Am deschis ușa cu o lovitură și amândoi am rămas înghețați pentru o clipă.

În cadă era Cheryl, una dintre cele două vecine. Nu părea deloc lucidă, iar ochii îi erau lăptoși. Goi.

Michael și cu mine am îndreptat armele în direcția ei. Gura i se mișca, dar nu ieșea nici un sunet. După ce văzusem același lucru cu Ralph mai devreme, știam ce înseamnă asta.

Am aprins lumina. Cheryl nu vomitase încă. Dar era pe aproape.

„Michael, trebuie să o scoatem din casă acum", am șoptit. „E gata să vomite viermii aceia!"

„Nu cred că are de gând să meargă, dacă-i spui", a zis Michael.

Am înclinat capul și am reflectat. „Știi, ar putea, dacă am conduce-o noi afară."

M-am oprit. „Să ne grăbim."

„Nu am nici cea mai mică intenție să o ating."

„Nici eu."

„Ce facem?"

„Fiecare dintre noi o ia de o mână și o conducem afară din cabană."

„Eu nu o ating, Paul!"

„Stai, stai ... Știu ce să facem! Revin imediat!"

Am ieșit din baie și m-am dus la dulap. Am căutat înăuntru, destul de sigur că memoria nu mă înșela. Două perechi mari de mănuși groase erau în interiorul dulapului. Le-am luat și le-am dus în baie. I-am dat o pereche lui Michael.

„Acum", i-am spus lui Michael. „O luăm fiecare de o mână şi o ducem afară."
Ne-am apropiat Cheryl, fiecare dintre noi, cu o mână întinsă.

„Bună, Cheryl", am spus cu blândeţe.

A întors capul spre mine când i-am rostit numele şi acei ochi goi au privit în direcţia mea din interiorul corpului ei condamnat.

„Sunt Paul. Acest bărbat frumos de lângă mine este Michael. Am vrea să vii afară cu noi. Poţi să ne iei de mâini? Te vom ajuta."

Ea a ridicat mâinile, dar am putut vedea că a făcut un mare efort pentru asta. Michael şi cu mine am luat-o de mâini şi pur şi simplu am ridicat-o în picioare.

„Bine, Cheryl, poţi ridica piciorul stâng peste marginea căzii?", am întrebat-o.

Cheryl a ridicat piciorul - aproape suficient de sus pentru a-şi atinge pieptul cu genunchiul. L-a întins peste marginea căzii şi l-a pus jos pe podeaua băii.

„Foarte bine, scumpo, acum celălalt picior", am spus cu blândeţe.

A scos celălalt picior afară din cadă. Eu şi Michael am început să o conducem spre uşă.

Am putut auzi mai multe motoare de maşini afară, urcând pe drum şi parcând în iarbă. Un motor suna ca dieselul unui camion mare şi lupta să urce panta.

Încet, foarte încet, eu şi Michael am mers cu Cheryl prin camera de zi, spunându-i cuvinte de încurajare. Cuvinte precum "fată cuminte" sau "aproape am ajuns, nu te opri acum" erau cuvinte pe care le-am spus şi fostului meu vecin, sperând şi rugându-ne la Dumnezeu să reuşim să o scoatem din cabană înainte de a vomita viermii aceia.

O figură a apărut la uşa din faţă. Era Bobby, purtând încă uniforma de poliţist. Scosese arma si o ţinea în ambele mâini cu ţeava în sus.

„Hei, Bobby", am spus încet.

Bobby ne privi un pic perplex în timp ce o conduceam pe Cheryl afară.

„Bobby, îţi amintesti de Ralph? Vecinul meu? Ei bine, ea este Cheryl. Locuieşte chiar deasupra noastră aici pe munte", am spus. „Ea pare a avea ceva în comun cu Ralph, şi aş spune că mai avem doar câteva minute."

Ochii lui Bobby s-au lărgit, iar apoi a dat din cap. „Am înțeles, Paul. Mă voi asigura că nu vă stă nimeni drum. Vreun loc anume unde vreți să o duceți?"

„Doar afară."

Bobby a spus: „Am ceva care ne-ar putea ajuta, dacă nu sunteți pretențioși. Mă duc să-l i-au."

„Acum primim orice ajutor pe care îl putem obține, sergent Barnes", am spus, nu fără oarecare ironie.

„Aștept", a spus el, cu o expresie sumbră pe față. Apoi a dispărut.

„Destul de treabă tipul", a spus Michael. „A fost în magazin de câteva ori, controla pistoale."

„Mi-a spus aproape tot ce știa în această dimineață despre insect", am spus. „A fost primul polițist care a venit când Ralph a vom ... uh, a pățit ce a pățit. „Am spus această ultimă parte doar pentru cazul în care Cheryl era încă suficient de conștientă pentru a înțelege ceea ce spuneam. Știam că putea înțelege termeni simpli, dar nu aveam de gând să risc ca ea să afle că timpul ei era aproape terminat.

Am dus-o la ușa de la intrare, și apoi pe verandă. Când am ajuns cu ea la capătul scărilor, m-am uitat în jur de Bobby. Stătea într-o parte, la aproximativ cincisprezece metri de cabană. Avea în spate ceva ce semăna cu un pachet mare, cu un furtun lung atașat.

„Adu-o aici, Paul", a spus Bobby.

„Ce-i chestia aia pe spatele tău, Bobby?", am intrebat.

„Este un aruncător de flăcări."

Ochii mi s-au mărit când am realizat ce avea de gând să facă.

„Bobby, e încă în viață! Nu poți fi serios!", am strigat.

„Paul, știi la fel de bine ca și mine că e deja moartă! Ai văzut vecinul tău în această dimineață! Odată ce a vomitat afară măruntaiele, s-a ghemuit și a murit!"

„Asta nu înseamnă că o poți arde vie!"

„Pot și o voi face!", a strigat Bobby.

Michael dădu-se deja drumul mâinii lui Cheryl, retrăgându-se.

Eram pe cale să strig la Bobby din nou, când Cheryl a deschis gura spunând, "Gâl-gâl ..."

Știam ce înseamnă asta. I-am dat drumul mâinii acesteia și am sărit departe de ea, strigând: „Bobby! Acum! "

Când Cheryl s-a aplecat, flăcările lui Bobby au lovit-o. Tot ce a ieșit din gura ei s-a fiert înainte de a ajunge la sol. Cheryl era încă aplecată, dar flăcările i-au acoperit corpul, arzând repede în acel infern de foc.

Nu a scos nici un sunet.

Bobby a lovit-o din nou cu flăcările, arzând și un cerc de teren în jurul ei. Nu voia să riște, iar eu nu puteam să-l condamn pentru asta. Știam că avea dreptate. Partea mea emotivă nu se împăca bine cu ceea ce a trebuit să facă.

Timp de câteva minute, singurul sunet care se auzea era trosnetul flăcărilor și suspinele încete ale soției mele.

M-am uitat la Bobby și Michael. „Gata?"

Ambii păreau nedumeriți.

Michael a întrebat: „Gata pentru ce?"

„Trebuie să ne asigurăm că restul cabanei este în regulă. Apoi, trebuie să o găsim pe Susan. Cealaltă vecină."

RESTUL CABANEI ERA sigur. Nu erau creaturi și nici Susan.

Bobby adusese oameni cu el. Un tip era la volanul unui camion de ciment. Un optsprezece roți avea o încărcătură de cherestea, iar șoferul era o femeie. Un alt tip conducea o cisternă mare cu optsprezece roți.

Cisterna era plină de benzină.

De asemenea, Bobby a adus o rulotă cu zece oameni și un van de livrare cu alți șase. Vanul de livrare era un camion de lapte. Am văzut lactate în viitorul tuturor pentru câteva zile, deoarece laptele se strică repede.

Bobby ne spusese că lucrurile în oraș mergeau într-adevăr rău înainte de a fi ieșit de acolo. Creaturile erau peste tot și se pare că nimeni nu era în siguranță.

Pot ajunge peste tot.

Bobby adusese trei aruncătoare de flăcări de la Garda Națională Armory de la marginea orașului. Garda fusese chemată, dar apelul a venit prea târziu pentru membrii Gărzii pentru a mai putea ajunge la locația acesteia. Bobby însuși ajutase împreună cu unii dintre cei care au venit cu el. El a condus mașina lui de patrulare, iar ei au încărcat-o cu grenade, lansatoare de rachete, mitraliere și o mulțime de muniții ale Gărzii Naționale.

Partenerul tânăr al lui Bobby nu supraviețuise.

Au fost chemați la o altă locație unde se aflau multe creaturi, dar acestea se măriseră destul de mult. A fost una dintre creaturile-miriapod, cu fălci lungi și clești. L-a prins pe tânărul polițist cu ambele fălci, și, când fălcile s-au deschis, l-a rupt în bucăți pe care creatura apoi le-a mâncat.

Bobby atunci a înțeles că era timpul să încerce să se salveze. Să mori la datorie era frumos și era pregătit să facă asta... dacă ar fi schimbat ceva. Împotriva acestor creaturi invadatoare, moartea sa ar fi fost doar o masă mică pentru câteva insecte mari.

Tipul care conducea camionul de ciment era fratele lui Bobby, Billy. Restul persoanelor venea de la un restaurant ieftin de la marginea orașului. Bobby le spusese ce se întâmpla și le-a chemat cu el. Avusese o idee pentru lemn, ciment și benzină, dar a spus că va vorbi despre asta mai târziu.

Eram pe cale să mergem la cabana lui Susan, pentru a afla ce se întâmplase cu ea și dacă Cheryl fusese acolo. Ne rugam ca Susan să fie bine.

Ne-am adunat toți împreună și, cu riscul de a părea un nemernic, am reamintit tuturor că acea cabana aparținea mie și lui Phyllis. Orice problemă serioasă trebuia să fie rezolvată prin unul dintre noi doi, iar ultimul cuvânt era al nostru. Nu cred că fost nevoie să reamintesc cuiva dintre ei celelalte opțiuni, dacă alegeau să ignore această regulă de bază. Am lăsat-o pe Phyllis responsabilă, iar eu, Michael, Bobby și Richie am plecat să cercetăm cealaltă cabană.

Ne-am asigurat că cei rămași aveau arme și erau toate încărcate. I-am spus lui Phyllis să înceapă să descarce toți camioanele și să vadă cum să-i instaleze pe toți în cabana.

Noi patru am început să urcăm pe munte.

Capitolul 5

Nu am făcut un drum lung. Am mers mai puţin de un sfert de milă. Dar tot drumul era urcuş. Prăpastie, întuneric şi urcuş stâncos.

Când am ajuns la mica cabană confortabilă a lui Cheryl şi Susan, am văzut o lumină arzând la fereastra de la etaj. Am ridicat mâna, indicând faptul că toţi trebuia să ne oprim ... nici unul dintre noi nu a putut vorbi. Stăteam în curtea din faţă a cabanei, inspirând adânc.

Toţi dintre noi, cu excepţia lui Richie, care făcea pe curajosul.

Respiraţia mi-a revenit la normal în cele din urmă. Am spus: „Staţi o clipă. Lăsaţi-mă să încerc ceva." Celelalţi trei au încuviinţat din cap. Am strigat: „Susan! Susan, eşti înăuntru?"

Perdelele au fluturat la fereastra de la etaj, iar apoi a apărut faţa lui Susan. A ridicat fereastra şi a strigat : „Paul? Eşti tu?"

„Sunt eu, Susan. Poţi să cobori?"

„Dă-mi un minut şi voi fi acolo", a spus ea şi a închis fereastra.

Cabana lui Susan şi Cheryl era doar un pic mai mare decât a noastră. Avea cu o dependinţă mai mult, mai multe celule solare şi o moară de vânt în plus. Doamnelor le plăceau facilităţile pe care le aveau datorită electricităţii.

Intenţionau să se căsătorească în curând, deoarece legile împotriva căsătoriei între homosexuali a fost în mare parte abrogată. Nu eram nerăbdător să-i spun de Cheryl.

Lumina din verandă s-a aprins brusc, iar uşa din faţă s-a deschis. Susan a ieşit pe verandă îmbrăcată în blugi, cizme şi o cămaşă flanelată. Părul ei blond şi lung era împletit în coadă. Avea aproape patruzeci de ani, dar părea a avea doar treizeci. Era o femeie superbă.

Susan era îngrijorată.

„Oh, Paul, nu știam că vii, mă poți ajuta? Cheryl a plecat în oraș să facă niște cumpărături devreme în această dimineață. Am făcut o excursie pe jos în această după-amiază și m-am întors spre seară.

Suvul lui Cheryl era parcat în garaj, dar ea de negăsit! Și chestia cu insectele este peste tot la știri pe canalele de satelit, iar eu îmi fac griji pentru ea! Nu ai văzut-o?"

Acesta era momentul critic. Aveți idee cât de greu e să frângi inima cuiva în modul în care eram pe cale eu să rup inima lui Susan? Și nu am puteam cere nimănui dintre ceilalți să o facă. Era prietena mea și vecinul mea și era datoria mea.

I-am luat mâinile în mâinile mele și am privit-o direct în ochi. „Da, Susan. Am văzut-o."

O expresie de ușurare i-a apărut pe față. „Oh, mulțumesc lui Dumnezeu!", a spus. „Unde ai văzut-o, Paul?"

Am ezitat. „Era la mine, Susan. Am găsit-o în cadă."

Era nedumerită. „La tine în baie? Ce făcea acolo? Ce e în neregulă cu cabină de duș a noastră?"

M-am uitat la Michael, apoi la Richie ș apoi la Bobby. Toți priveau în altă parte când m-am uitat la ei. „Susan, ce ... uh, cât de mult ... ce știi despre aceste insecte?"

Cu o privire confuză, a spus : „Știu că au năpădit două treimi din partea de est a țării. Sunt peste tot în Europa, Canada, America de Sud, precum și în părți din Rusia și China. Au fost reperate în Israel și Egipt, de asemenea. Sunt mutații genetice eliberate de către un grup islamic".

Eram șocat. Nu știam că se răspândiseră la nivel mondial. Era înfricoșător.

„Ce altceva, Susan?"

„S-au oprit la baza munților Stâncoși și a altor zone muntoase. Se pare că este prea frig pentru ele".

„Ce știi despre oamenii infectați?"

„Nimeni nu știe cum au început infecțiile, dar se spune că, atunci când o persoană este infectată, aceasta pierde controlul asupra centrelor lor de vorbire, ochii lor devin lăptoși și par goi, ca și cum nu ar fi nimeni înăuntru. Au spus că motivul este faptul că ouăle au eclozat și se hrănesc din părți ale creierului, inimii, precum și ale altor organe.

Înainte de a muri, ei vomită sânge, creaturi, precum și mai multe ouă, iar apoi ei ... " S-a oprit brusc. M-a privit în față și trebuie să fi văzut ceva ... ca adevărul despre Cheryl. „Oh, Doamne", a spus ea cu voce înceată. „Paul, nu! Nu Cheryl. Te rog, Doamne, nu, nu ea! Nu dulcea Cheryl!"

I-am ținut mâinile strâns și am dat din cap.

Susan m-a apucat, și-a sprijinit fața de umărul meu și a început să plângă tare. Plângea ca și cum își pierduse sufletul. Sau, poate, doar sufletul pereche. Suspinele ei erau zgomotoase și proveneau din cea mai profunda parte a ei. Am ținut-o strâns cât am putut și i-am mângâiat părul ca să o calmez și să o ajut să depășească acel moment dureros.

Michael, Richie și Bobby stăteau tăcuți, uitându-se în altă parte, în mod evident, în încurcătură pentru faptul de a fi martori la durerea teribilă a acestei biete femei și de a nu ști cum să-i ofere confort.

După ce am lăsat pe Susan să plângă pentru câteva momente, nu am putut scăpa de sentimentul că trebuia să ne întoarcem. Că ar fi trebuit să începem să ne fortificăm, pentru că muntele nu ar fi oprit insectele pentru totdeauna. Am ținut-o pe Susan la câțiva centimetri departe de mine, astfel încât să pot vedea fața ei când îi vorbeam. Avea ochii roșii și fața udă de la lacrimi.

„Susan", am spus cu blândețe. „Trebuie să vii cu noi la cabana mea. Nu te pot lăsa aici singură, și nu putem apăra două cabane așa cum putem apăra una. "

„Nu-u-u", a strigat cu durere. „Eu nu pot pleca, Paul. Sufletul ei este aici! Amintirile ei sunt aici! Oh, Doamne, mirosul ei este încă, probabil, pe perna ei! Paul, ce am să fac fără ea?" A început să plângă din nou că ți se rupea sufletul.

„Susan! Susan, te implor. Nu vreau să te pierd și pe tine. Te rog să vii cu noi. Phyllis va fi atât de fericită să te vadă, iar copiii, de asemenea. Te rog!"

După alte câteva suspine, în cele din urmă, Susan a dat afirmativ din cap. „Trebuie să împachetez câteva lucruri mai întâi. Bine, Paul?"

„Sigur, dragă. Te vom aștepta aici. "

A dat din cap și încet a intrat înapoi în casă. Odată ce ea a închis ușor ușa în urma ei, m-am întors la ceilalți.

„Domnilor", am spus încet, „acesta a fost cel mai greu lucru pe care l-am avut vreodată de făcut."

Bobby a venit și mi-a pus mâna pe umăr. „Paul, a trebuit să fac acest lucru de mai multe ori ca polițist, și niciodată nu este mai ușor."

Ne-am aşezat toţi, fie pe treptele verandei, fie pe scaunele balansoar care decorau veranda. Mintea mea era un vârtej ameţitor de gânduri intermitente. Susan şi Cheryl la cabana noastră pentru un picnic, Ralph vomitând sânge şi viermi, scăpând abia-abia din oraş, ajutând-o pe Cheryl să iasă din cabană înainte de a-şi pierde minţile, fiind recunoscător pentru soţia şi copiii mei ... .era totul intermitent în mintea mea.

Nu pot spune la ce se gândeau ceilalţi, dar păreau la fel de "încercaţi", ca şi mine. Aveau toţi feţele palide, iar cu ochii fixau locuri îndepărtate.

O împuşcătură ne-a făcut să ne trezim din reveriile noastre.

Venea din interiorul cabanei.

Nu era surprinzător că ochii mi se făcuseră mari ca ai celorlalţi trei,. Cu mine în frunte, cu toţii am dat buzna în cabană.

„Susan!", am strigat. „Susan!" Neprimind nici un răspuns, am spus celorlalţi: „Voi uitaţi-vă aici! Eu o să mă uit la etaj!"

Am sărit câte o treaptă ici şi acolo în timp ce urcam fugind. Am smucit uşa dormitorului matrimonial.

Am văzut-o pe Susan.

Stătea pe pat, plângând încet cu faţa în mâini. Un revolver era pe podea, la picioarele ei.

Uşurarea pe care am simţit-o mi-a slăbit genunchii şi aproape că mi-am pierdut echilibrul.

„Nu am putut s-o fac", a şoptit Susan. „Am ţinut pistolul la cap şi am apăsat pe trăgaci. Dar ceva m-a făcut să mut ţeava departe de capul meu. Nu am putut s-o fac". Şi-a îngropat faţa în mâini şi a început să plângă încet din nou.

M-am dus spre ea şi m-am aplecat pentru a ridica arma. Am pus-o la brâu în betelie. M-am aşezat lângă femeia îndurerată şi am tras-o aproape de mine.

„Susan, te rog nu face asta din nou", am şoptit. "Cheryl nu ar fi vrut să iei viaţa, iar noi avem nevoie de tine".

Am liniştit-o până când Michael şi Bobby au venit la uşă. Am dat din cap spre ei şi am ridicat-o pe Susan în picioare.

„Haide, scumpo!", am spus cu blândeţe. „Lasă-mă să te ajut să îţi împachetezi câteva lucruri".

Nu a ridicat ochii din podea. A dat doar din cap afirmativ şi m-a luat de mână. În câteva minute i-am împacchetat lucrurile.

Apoi am început să coborâm înapoi.

PHYLLIS SE DESCURCASE bine între timp. Dădeau din mână în mână produse de la maşina de lapte la dependinţa camerei frigorifice. Duceau unt şi îngheţată înăuntru. Laptele a fost pus pe podeaua dependinţei, la urma urmei spaţiu disponibil era şi în frigiderul din cabană. Lăzile de gheaţă pe care eu şi Michael le încărcasem le-au dus înăuntru, de asemenea.

Phyl ne-a văzut şi a lăsat-o pe Millie în locul ei, ca să poată veni la noi. A imbratişat-o pe Susan şi a luat-o cu ea. Phyl mi-a zâmbit peste umărul lui Susan, iar eu i-am zâmbit înapoi.

Richie încerca să o găsească pe Teresa.

În rulotă mai erau alţi doi copii care acum, impreuna cu Keith şi Clarissa, erau înghesuiţi pe veranda din faţă.

„Ei bine, aş spune că aceasta a fost ziua cea mai stresantă pe care am avut-o vreodată", am spus.

„Nu este de glumă, Paul", a fost de acord Bobby.

„Ţineţi minte ceea ce ne-a spus Susan? Că creaturile au ajuns peste tot în lume?", a întrebat Michael.

Am dat din cap. „Da. Am auzit. Chestia asta mă îngrozeşte."

„Cum a spus? Că zonele montane ar fi prea reci pentru aceste creaturi?", a întrebat Bobby.

„În această perioadă a anului, temperatura medie pe timp de noapte este de minus patruzeci de grade. Cred că am citit undeva că insectele normale nu se pot mişca mult la temperaturi scăzute. Poate că asta le ţine departe de munţi", am spus.

„Ei bine, asta e grozav deocamdată", a spus Bobby. „Dar ce se întâmplă când vine soarele, iar temperaturile cresc?"

„Cred că va trebui să trecem acel pod când ajungem la el", i-am răspuns. „Între timp, ai spus că ai avut o idee în legătură cu chestiile pe care le-ai adus, Bobby. Care este ideea?"

„Să construim un şanţ", a răspuns Bobby.

„Un şanţ?", a întrebat Michael.

„Da, nici eu nu înţeleg" , am spus.

„Aici, am să vă arăt. Lasați-mă să ... oh, acolo e unul bun", a spus Bobby. A mers câțiva pași și a luat un băț. „Veniți aici la lumină!" A mers înainte spre zona din fața farurilor camionului de lapte și s-a ghemuit jos. A folosit bățul pentru a desena un cerc. „Bine, Paul, acesta este un cerc în jurul micului nostru paradis de aici. Dacă ne punem toți să săpăm un șanț de dimensiuni bune în jurul zonei, am putea consolida părțile laterale cu lemn. Săpăm un șanț destul de adânc de vreo treizeci de centimetri și punem lemnele în formă de "V". Astfel, am construi un jgheab. Odată ce am făcut asta, turnăm beton înăuntru. Se va întări, creând un șanț de apărare în jurul cabanei și anexelor."

„Ei bine, asta e minunat, Bobby, dar la ce ar ajuta? L-am putea umple cu apă, dar nu va opri insectele să sară sau să zboare peste el.", am spus.

Bobby a clătinat din cap și a râs. „Nu-l umplem cu apă, Paul".

„Îl umplem cu benzină", a spus Michael cu naturalețe.

Bobby a zâmbit spre Michael. „Bingo! Îl umplem cu benzină, când aflăm că vin insectele. Apoi, avem nevoie doar de un băț de chibrit, și pufff! Avem o barieră pe care nici o insectă nu poate să o treacă".

Am reflectat. Era un plan bun. În mare parte.

„Ce se întâmplă cu insectele care pot zbura?", am intrebat. „Nu vor zbura peste șanț?"

„Sigur!", a spus Bobby. „Dar avem aruncatoare de flăcări pentru ele. Și dacă rezistă, poate putem fabrica ceva cu benzina si cu ceva care face scântei. Ca o cremene sau așa ceva."

M-am gândit puțin. Nu-i rău. Nu-i rău deloc. Și trebuia să-i ținem pe toți activi... să-i îndemnăm să lucreze la ceva care ar proteja pe toată lumea. Am dat din cap, încet la început, apoi mai repede. „Planul este bun, Bobby. Vom începe mâine. Va trebui să-l facem repede, altfel cimentul se va întări în interiorul vehiculului și nu va mai fi bun la nimic. Sau pământul va îngheța. Da, de mâine. Vom spune tuturor mai târziu. Sper doar că avem suficiente unelte pentru excavat."

Bobby a zâmbit. "M-am gândit și la asta." A arătat spre mașina de poliție. „Înăuntru sunt cinci târnăcoape, cinci lopeți, împreună cu baroase, ciocane normale, cuie, chiar și o rolă mare de banda neagră – din cele folosite la amenajări. O putem folosi ca să legăm lemnul și să țină betonul în loc ca să se întărească."

„Mă impresionați, domnule polițist", am spus.

„Hei, protejează și servește, Paul. Protejează și servește."

Michael a întrebat: „Când le vom spune tuturor?"

Am ridicat din umeri. „De ce nu acum?"

Michael și Bobby au dat din cap, manifestându-și acordul.

M-am ridicat și i-am chemat pe toți să se adune în jurul nostru. Au venit toți formând un cerc în jurul a noi trei.

„Bobby a avut o idee în legătură cu o protejare mai buna acestui loc împotriva insectelor. O să vă explice. "

Bobby a explicat planul pentru toată lumea și a întrebat dacă existau nelămuriri. Nu erau.

Am preluat. „Deci, vom începe acest proiect mâine dimineată. Vom organiza, de asemenea,ture de pază prin rotație, pentru a vedea când sosesc insectele."

Ben, unul dintre oamenii care au venit în rulotă, a spus: „Hei, cine te-a făcut șef aici?"

Vocile din grup s-au redus până la tăcere. Toți erau cu ochii pe mine, deoarece eu fusesem sfidat.

Ha! Sfidat! Deja!

Liniștit, am spus: „Eu. Este cabana mea, Ben."

„E cabana mea, Ben", a spus el cu o voce batjocoritoare. „Ei bine, eu n-am chef să sap murdăria de pe proprietatea ta, Paul. Și nu cred că o voi face. Ce o să faci în legătură cu asta?", Ben stătea cu mâinile în șolduri, cu pieptul scos în afară, făcând pe Billy cel mare și tare.

Eram surprins de calmul meu. Am mers spre el și l-am privit în ochi. „Atunci pleci."

Ben se împinse înainte până când nasurile noastre au ajuns la un centimetru unul de altul. El a spus: „Fă-mă!"

Nu observase că pușca mea era îndreptată spre el. Clicul, când am tras siguranța, s-a auzit tare în curte.

„Crede-mă. Vei putea pleca pe propriile picioare sau poți fi târât", am spus. „Nu voi risca viața nimănui, doar ca să fiu conciliant."

În lumina farurilor, am putut vedea o dâră de sudoare pe frunte și fața lui palidă. Încet, foarte încet, Ben s-a retras. Țeava puștii mele îl urma.

Am ridicat vocea. „Acest lucru este valabil pentru toată lumea! Acest loc nu este o democrație, aceasta este cabana familiei mele! Sunt mai mult decât fericit să vă ofer cazare şi masă, dar siguranţa este în interesul tuturor, iar eu am ultimul cuvânt atunci când vine vorba de asta. Aşa cum probabil unii dintre părinţii voştri v-au spus, atunci când erau adolescenţi - dacă sunteţi sub acoperişul meu, veţi juca după regulile mele. Daca asta e prea mult pentru voi, atunci sunteţi liberi să plecaţi."

M-am oprit, încercând apoi să fiu clar. „Toată lumea, şi vreau să spun eu, soţia mea, copiii mei, şi voi, vom săpa pe rând, fiind atenţi, şi vom începe acest şanţ mâine dimineaţă, de la ora şapte." M-am întors spre Ben, şi i-am aruncat o privire piezişă. „Vreau să spun toţi, Ben. Chiar şi tu."

Nu i-a plăcut. Oh, nu i-a plăcut. Dar nu avea de ales. Cu un surâs forţat pe buze, a dat din cap afirmativ.

În timp ce mă îndepărtam cu Bobby şi Michael, Bobby a spus, „Încă nu ai terminat cu el. Ştii asta, nu?"

„Ştiu", am răspuns inexpresiv.

PHYL ŞI EU, ÎN FINAL, am reuşit să-i culcăm pe toţi pe jos. Copiii aveau propriile lor camere - băieţii într-una şi fetele în cealaltă. Cei doi tineri de la McKelvie au intrat şi ei în aceste camere. Astfel s-au ocupat două dintre cele trei dormitoare la etaj.

Al treilea dormitor de la etaj a fost dat la oricine a vrut. La fel şi canapeaua, fotoliul dublu şi scaunele din camera de zi. Nu am avut destule perne, dar am avut o mulţime de pături, iar focul a fost ţinut aprins.

Eu şi Phyl am avut dormitorul matrimonial pe care l-am împărţit cu Michael, Millie, Bobby, Billy şi Susan. Aveau toţi saci de dormit oferiţi de Michael, care i-a strecurat în cameră devreme. Erau o parte a bunurilor aduse de la magazinul de articole sportive.

Un cuplu care venise în rulotă a ales să doarmă acolo pentru a atenua o parte din îngrămădeala din cabană.

Am organizat un program de pază în care să fie permanent două persoane, câte două ore pentru fiecare schimb. Eu şi Phyl am luat primul schimb, Bobby şi fratele său Billy pe cel de-al doilea, iar Michael şi Millie cel de-al treilea. Destul de ciudat, Richie şi Teresa s-au oferit voluntari pentru ultimul schimb. S-au autointitulat „patrula din zori" şi au promis să ne trezească la şase.

Eu şi Phyl ne-am aşezat în scaunele balansoar de pe verandă. I-am luat mâna în mână .

„A fost o zi grea, nu-i aşa?", a spus ea.

Am zâmbit şi am dat afirmativ din cap. „A fost cu siguranţă."

„Cum te simţi, Paul? Cum te simţi cu adevarat?"

Am reflectat o clipă. „Surprinzător, eu sunt bine. Poate şocul are efect întârziat şi nu s-a manifestat încă, dar, chiar acum, eu sunt bine. "

Ne-am delectat câteva minute, confortabile, în compania celuilalt.

„Ai fi împuşcat acel om, dacă el nu s-ar fi dat înapoi?"

Fără ezitare, i-am spus: „Da."

Am stat în tăcere câteva momente, iar apoi ea a spus: „Cred că ar fi trebuit să-l împuşti oricum. Ne va face doar probleme."

Am oftat. „Ştiu. Dar vreau să cred că oamenii sunt în esenţă buni şi doresc să ajute. Vreau doar să-i dau o posibilitate. Dacă se întâmplă ceva mai târziu, atunci am să-l dau afară."

Deodată, am văzut câteva avioane cu reacţie zburând înspre partea de est a muntelui. Am auzit zgomotul când au trecut pe deasupra noastră. Când am ieşit de pe verandă, erau deja departe. Am putut încă vedea luminile a pe cel puţin trei avioane şi am văzut, de asemenea, ceva ce semăna cu dârele lăsate de rachete dedesubtul lor, reflectate în lumina lunii. Vizibilitatea din poziţia noastră pe munte era de aproximativ douăzeci de mile, deci am putut să mă uit la dârele ce se pierdeau sub orizont. Am văzut luminări de explozii şi, câteva secunde mai târziu, am putut auzi zgomotul puternic făcut de acestea, părând aproape focuri de artificii în depărtare.

Phyl m-a apucat când a văzut luminile exploziilor şi m-a ţinut strâns atunci când sunetul a ajuns la noi.

Am strâns-o la piept, liniştind-o: „Nu sunt nucleare. Sunt doar rachete puternice. Suntem în siguranţă."

Am auzit uşa de la intrare deschizându-se în spatele nostru. Bobby şi Billy au venit afară.

„Zgomotul avioanelor ne-a trezit. Sper că nu vă deranlează dacă ne alăturăm şi noi", a spus Bobby.

„Oricum, nu pot adormi ", a adăugat Billy.

„Sigur! Cu cât mai mulţi, cu atât mai bine", am spus.

Am arătat în direcţia în care rachetele au explodat şi am explicat ceea ce văzusem.

„Wow. Astfel, armata poate riposta încă. Asta-i o veste bună!", a spus Bobby.

„Probabil. Atâta timp cât nu folosesc arme nucleare, este o veste bună", am răspuns. „Dar eu încă mai cred că suntem cea mai mare parte pe cont propriu."

„Probabil că ai dreptate", a fost de acord Bobby.

În timp ce priveam toţi, jeturile au trecut pe deasupra ţintelor lor din nou sau, cel puţin, noi am crezut că erau jeturile. De data aceasta nu am văzut nici o rachetă. Dar am văzut luminile. Avioanele aruncau acum bombe, iar luminile exploziilor se apropiau rapid şi furios.

M-am întrebat dacă toate astea vor avea vreun efect asupra acestor creaturi şi am spus-o cu voce tare.

„Sigur, o să le omoare pe unele... nu-i aşa?", medită Billy.

„Oh, sper să fie aşa", a spus Phyllis. „Nu vreau să mă gândesc la ce se va întâmpla dacă nu vor avea efect."

„Dar uciderea a câtorva dintre ele nu înseamnă distrugerea lor totală", a spus Bobby.

Am oftat. „Nu. Nu, nu înseamnă asta. Şi mă întreb dacă aceste creaturi au continuat să crească."

„Oh, acum o altă problemă! Ce se întâmplă dacă acestea ajung de dimensiunea elefanţilor sau aşa ceva?", a spus Bobby.

„Sau mai rău", a spus Billy.

„Asta-i problema cu organismele modificate genetic cum ar fi aceste creaturi", am spus.

„Dacă nu se fac teste acurate, nu se poate şti ce surprize rezervă pe măsură ce se dezvoltă."

Toţi patru am rămas gânditori, în timp ce urmăream bombardarea creaturilor.

Bobby a întrebat: „Paul, ai TV prin satelit?"

„Da."

„Cred că ar trebui să ne uităm la canalele de ştiri, dacă mai transmit încă, şi să vedem dacă e ceva nou despre care ar trebui să ştim."

„Are dreptate, Paul", a spus Phyllis.

„Da, dar televizorul este în camera de zi. O să-i trezim pe toţi", am răspuns.

„Dar cel pe care-l aveţi în dormitor?", a intrebat Billy.

„Acelaşi lucru", am spus. „O trezim pe Susan sau pe Michael sau pe Millie. Sau pe toţi."

„Poţi să muţi televizorul din dormitor în bioul tău?", a întrebat Bobby. „Nu doarme nimeni acolo."

Phyllis s-a uitat la mine şi a dat afirmativ din cap.

Am spus: „Cred că putem dacă va ajunge cablul de la antenă. Dacă nu, putem face o gaură în peretele din dormitor. E chiar lângă birou. Dar, haideţi să aşteptăm până mâine, bine? Nu vreau să trezesc pe toată lumea. "

„Bine. Putem face asta atunci când nu suntem la săpat", a spus Bobby.

Am mai privit bombardarea un pic, apoi eu şi Phyl ne-am dus la culcare.

Capitolul 6

I-am dat pe toți jos din pat la șase și jumătate. Cuplul în vârstă care deținea ruloța făcea de pază în schimbul de dimineață, iar eu, Phyllis, Millie, Teresa și Clarissa încercam să facem un fel de mic dejun pentru toată lumea. Susan era, de asemenea, în bucătărie, încercând să ajute oriunde putea.

Bobby și Billy s-au pus pe treabă în timpul schimbului lor de pază. Au pus semne pentru șanț, indicând locurile care trebuiau să fie săpate un pic mai profund decât altele, astfel încât șanțul să rămână la nivel. Asta pentru a evita ca benzina să se strângă la nivelurile inferioare în detrimentul nivelurilor mai ridicate.

Nu mă gândisem la asta. M-am bucurat că s-a gândit Bobby și am spus-o cu voce tare.

„Nu este cine știe ce, Paul", a spus Bobby. „Iar partea bună este că vom avea suficient material rămas pentru a-l pune și în jurul cabanei lui Susan."

M-am uitat la el. „Crezi că e necesar?"

„Poate că nu e urgent, dar Paul, cred că este necesar", a răspuns Bobby. „Este un loc unde să ne retragem dacă va fi nevoie."

Am reflectat un moment. „De asemenea, ne oferă un loc unde ne-am înghesui. Nu cred că vor avea loc toți acolo. Tu?"

Bobby a clătinat din cap. „Sincer? Nu știu. Știu că insectele vor fi cu adevărat active astăzi și pot foarte bine să decidă să înfrunte aerul rarefiat de aici. Cred că ar trebui să începem să săpăm șanțul." El și Billy au început să meargă spre cabană. „Bill și cu mine vom lua o îmbucătură de mic dejun și vom începe. Vrei să ne trimiți niște ajutoare?"

„Sigur. De îndată ce pot."

M-am întors să vorbesc cu ceilalți oameni și m-am trezit față în față cu Ben.

„Bună dimineața, Ben", am spus.

Ben s-a uitat, surprins de faptul că i-am vorbit politicos. „Bună dimineaţa.”

„Ascultă, Ben, eu sunt dispus să să dau uitării trecutul. Ieri a fost un şoc pentru toată lumea. De ce nu începem din nou?”

Ben clătină din cap. „Nu. Scuze. Voi pleca azi.”

I-am răspuns cu îngrijorare:„Ben, nu vrei cu adevărat să pleci de pe munte. Stai aici cu noi. E mai sigur.”

"Nu plec de pe munte", a spus el. "Urc şi trec peste munte. E probabil să fie şi alţii cărora să mă pot alătura. Vream doar să ştiu dacă aş putea avea suficientă hrană şi apă pentru aproximativ o săptămână. "

M-am uitat la faţa lui. „Ai putea să nu fi în siguranţă.”

Ben a ridicat din umeri. „Nu-mi pasă”

Liniştit, i-am spus: „Ar ajuta dacă ţi-aş cere scuze în public? Astfel ca toată lumea să poată auzi? O voi face, dacă rămâi cu noi. "

Ben arăta de parcă voia să spună da, dar a lăsat mândria să vorbeasca. „Nu. Voi pleca într-o oră, Stiles, cu sau fără provizii.”

Am clătinat din cap la comportamentul său încăpăţânat. Ştiam că orice argument ar fi fost inutil din cauza orgoliului său. L-am privit în ochi şi i-am spus: „Desigur, poţi avea proviziile, Ben, dar aş vrea să te gândeşi bine.”

Ben a dat din cap şi a spus: „Mulţumesc. Mult noroc!”

„Şi ţie.”

Spunând aceastea, am mers la congelator şi l-am încărcat cu provizii. I-am dat lapte, mai multe cutii de supă, fructe, legume, mai multe sticle de apă şi biscuiti. I-am dat un sac de dormit şi un rucsac. De asemenea, i-am dat un revolver de calibrul.38 şi o cutie de muniţie. Fusese singur când l-a găsit Bobby şi va pleca din tabăra noastră singur la un drum greu până în vârful muntelui, pentru a trece apoi pe cealaltă parte. Eu nu făcusem niciodată urcuşul ăsta, însă Susan da. Ea şi Cheryl au urcat o singură dată, pentru că dincolo nu era nimic altceva decât munţi mult mai abrupţi decât pe această parte. I-am împărtăşit această informaţie lui Ben şi i-am dat unele indicaţii referitoare la direcţia în care trebuia să meargă din ceea ce îmi aminteam din vorbele lui Susan. A plecat, fără a privi înapoi.

Am spus o rugăciune pentru el şi m-am dus să iau micul dejun şi să spun şi celorlalţi.

DOUĂ ORE MAI TÂRZIU, mânuiam târnăcopul împreună cu alte cinci persoane, iar alţi cinci foloseau lopeţi pentru a muta pământul pe care noi îl scoteam. Era o muncă grea, istovitoare, iar muşchii mă dureau, dar am continuat. Când mi-au dat schimbul o oră mai târziu, abia puteam îndrepta mâinile. Însă făcusem progrese serioase - trei sferturi din şanţ fusese săpat. Bobby a chemat câţiva oameni pentru a începe să pună lemn pe jos, formând V-uri pentru a sprijini betonul în şanţ. Odată ce o porţiune a şanţului a fost căptuşită cu lemn, alte câteva persoane au început să delimiteze şanţul cu plasticul negru. Mergând în acel ritm, puteam turna beton înainte de prânz.

Am deschis televizorul cel mare din camera principală a cabanei. Nu prea erau transmisii pe satelit, dar am găsit până la urmă un canal de ştiri. Insectele erau acum peste tot în lume, cu excepţia ţărilor nordice extreme, Australia şi Noua Zeelandă. Avioane au fost atacate de roiuri de creaturi care zburau, la fel ca cele pe care le-am văzut la magazinul lui McKelvie, şi au provocat prăbuşirea multora dintre ele. Cele mai multe guverne din ţările afectate s-au ascuns în subteran în buncăre, dar, cu excepţia cazului în care acestea erau etanşe, au fost vulnerabile la atacurile creaturilor. Canalul de ştiri pe care care îl găsisem se afla, de asemenea, într-o locaţie subterană, dar nu au spus unde. Am dat cuplului în vârstă, Lee şi Berenice Adams, sarcina de a fi atenţi la ştirile de la televizor şi de a nota tot ceea ce părea relevant.

Uciderea creaturilor era un lucru uşor, dar numărul enorm al aceastora o făcea să devină o sarcină dificilă. Continuau să se reproducă dând naştere a noi creaturi care le înlocuiau pe cele moarte. Cele moarte constituiau hrană şi adăpost pentru ouă, în special pentru larve, iar cu creşterea lor rapidă, distrugeau viaţa dintr-un un oraş plin de ele doar într-o zi sau două.

Creaturile ucideau oamenii în mod rapid.

Învăţaseră repede şi au început să atace unităţile militare care s-au apropiat de ele. Creaturile ştiau să distrugă tancuri şi alte echipamente blindate. Cred că şi-au dat seama că o bucăţică gustoasă putea fi găsită în interiorull acestor monştri mari de metal. Sau un incubator. Oricum, oamenii erau eliminaţi cu o regularitate alarmantă.

Richie a luat târnăcopul meu şi şi-a început schimbul. I-am spus să fie atent, pentru că nu vream să fiu nevoit să-i cos piciorul. Abilităţile mele de cusător erau limitate.

Am înaintat ţeapăn spre cabană şi am intrat. Am vrut să mă aşez în cel mai rău mod, dar aveam nevoie de apă. I-am salutat pe Lee şi Berenice şi m-am îndreptat spre bucătărie. Phyllis îşi făcea schimbul de două ore cu lopata, aşa că m-am ajutat singur cu apa. Cel puţin fântâna noastră era profundă, iar apa clară şi curată. Am băut apă cât am avut nevoie şi m-am întors în camera de zi.

„Ceva nou?", am intrebat pe Lee.

Lee s-a uitat la notele sale. „Ei bine, creaturi sunt peste tot în Orientul Mijlociu. Nemernicii care le-au dat drumul în libertate sunt mancaţi de vii." A chicotit:„Sper că fiecare dintre cele şaptezeci şi două de fecioare ale loro sunt de sex masculin!" A chicotit din nou, dar Berenice l-a tras de braţ. „Au!"

„Poţi mai mult decât atât, bătrâne", l-a certat Bernice.

Lee a continuat. „Motivul pentru care creaturile înving este că nu au prădători naturali. Sunt prea mari pentru animalele care trăiesc astăzi. Singurul adversar poate fi omul, dar, după cât se pare, ne termină repede. La televizor încă spun că munţii sunt cele mai sigure zone de pe pământ acum."

„Bine. Să sperăm că lucrurile rămân aşa", am spus. M-am dus la unul dintre scaune şi m-am prăbuşit pe el. Am îndreptat privirea spre ecran.

Lee dezactivase sunetul când am venit înăuntru. Televizorul afişa înregistrări video din întreaga lume, iar măcelul care se vedea era oribil, iar distrugerea era în mare parte completă. Prezentatorul de stiri a apărut pe ecran. Peste umăr se vedea o imagine suprapusă a unei creaturi lângă un autobuz.

„Oh, Doamne", am spus. „Lee! Dă-i drumul la sunet!"

Lee a luat telecomanda, a apăsat pe buton şi a dat iar drumul la sunet.

„.... şi creaturile au crescut în mod înfricoşător. Unele au crescut cât un autobuz şi au fălci uriaşe care pot rupe un adult în jumătate sau înghiţi un copil întreg. V-am arătat un video mai devreme şi vă avertizăm că este real. "

Imaginea arăta o creatură de tip miriapod împingând un autobuz, rupându-l şi făcând oamenii bucăţi.

„Dumnezeu să aibă milă de noi toţi", a spus Bernice încett.

AM PLECAT ÎNAPOI AFARĂ, spre locul unde săpau. Aproape toată lumea era acolo. Phyllis mi-a văzut faţa şi a spus tuturor să se oprească.

Când am ajuns destul de aproape, le-am spus ce tocmai fusese la televizor şi că insectele deveneau mereu mai mari.

Pentru a-mi întări cuvintele, se auzi iar pe deasupra zomotul făcut de avioane. Ne-am uitat în sus la timp pentru a vedea mai multe avioane de vânătoare zburând peste munte.

„Se pare că armata bombardează din nou creaturile. Mă rog la Dumnezeu ca ei să nu folosească bombe nucleare îpotriva lor. Nu în propria noastră ţară ", am spus.

„Să continuăm să săpăm?", a întrebat şoferul camionului de benzină -, cred că se numea Mitch.

Am dat din cap afirmativ. „Da. Trebuie oricum să ne protejăm de creaturi. Bombele nu le vor ucide. "

M-am aşezat pe pământ. Eram şocat. Nişte idioţi în Rusia au creat aceste chestii pentru un anumit grup terorist islamic şi nu s-au gândit la modul în care creaturile s-ar schimba, s-ar reproduce sau ar creşte. S-au gândit doar la bani … nu la oameni. Probabil tâmpiţii extremişti islamici au murit deja, iar oamenii de ştiinţă ruşi care au creat insectele erau, probabil, morţi şi ei, deoarece creaturilor nu le pasă de religie sau bani. Doar de hrană.

Lucrul trist era că dacă şi-ar fi văzut de treaba lor, nu ar fi fost create acele insecte.

Nu am auzit nici o explozie şi nici nu am văzut flash-uri luminoase. Dar eram sigur că avioanele care zburau la înălţimi mari localizaseră obiective pe undeva. Păreau să fie o mulţime.

Am terminat şanţul chiar înainte de prânz. Am turnat beton după masa de prânz şi ne-am asigurat că jgheabul se formase în mod corespunzător. După aceea, trebuia doar să aşteptăm ca betonul să se usuce.

Aveam materiale suficiente pentru a construi un şanţ şi în jurul cabanei lui Susan. Am decis să începem al doilea şanţ a doua zi dimineaţa.

Mai târziu în acea după-amiază, am fost în interiorul cabanei, pentru a vedea dacă erau şi alte canale pe care se transmitea în afară de cel de ştiri. Un canal mexican şi un canal specializat in programe religioase au fost tot ce am putut găsi. Ambele continuau să transmită cu estompări şi am avut impresia clară că acestea erau difuzate în mod automat, deoarece ambele au început redifuzarea aceluiași program după câteva ore. Am dat din nou pe canalul de știri local și am dezactivat sunetul. Am putut auzi copiii care se jucau afară.

Dintr-o data, l-am auzit strigând pe Keith. „Tată! Tată!" Am aruncat telecomanda, mi-am luat pușca și am fugit afară să văd ce se întâmplase.

Keith stătea cu Clarissa și ceilalți copii în mijlocul curții din față. Am examinat zona în timp ce fugeam spre ei, dar nu am văzut niciun pericol.

M-am oprit și am pus mâna pe umărul lui Keith. „Ce s-a întâmplat, fiule?" „Ascultă!"

Am început să ascult. La început, nu se auzea, pentru că provenea de la o altitudine mai joasă. Dar, când a devenit mai puternic, s-a auzit. Era un motor de vehicul și lupta să urce pe drumul nostru abrupt! După sunet, trebuia să ajungă la cabană curând.

M-am întors la Keith și ceilalți copii. „Duceți-vă și chemați-i pe Bobby, Billy și Michael. Și pe Richie, dacă vrea să vină. Apoi, vreau ca voi patru să mergeți să vă ascundeți în spatele casei până când vom ști dacă sunt prietenoși sau nu. Acum, plecați!" I-am gonit.

În timp ce încercau să-i găsească pe băieți, m-am concentrat asupra sunetului din nou. Acum parcă se auzeau două vehicule, dar nu am putut să-mi dau seama ce fel de vehicule ar fi putut fi.

Băieții trebuie să fi fost aproape, pentru că au fost imediat acolo și toți aveau puști.

„Auziți asta?", am intrebat. „Pare a fi mai mult de una, nu-i așa?"

Bobby a dat din cap încruntat. „Se pare că unul dintre ele este un autobuz. Un autobuz diesel mare."

Acum, că a subliniat asta, am fost de acord. Părea un autobuz.

Nu am avut mult timp să ne întrebăm. Așa cum ne așteptam, cele două vehicule au făcut curba și au intrat în câmpul nostru vizual. Unul dintre vehicule era un autobuz - Bobby a avut dreptate în privința asta. Al doilea vehicul era o ambulanță. Urma îndeaproape autobuzul. Ferestrele autobuzului erau toate coborâte, iar oamenii priveau afară. Au strigat la șoferul autobuzului să oprească, iar autobuzul se opri chiar în fața noastră. Ambulanța era un pic mai în spate... poate din precauție, neștiind intențiile noastre.

Bobby purta încă uniforma - nici unul dintre lucururile mele nu i se potrivea, dar nici nu a căutat prea mult pentru a găsi altceva. A făcut cu mâna la autobuz, apoi la ambulanţă. Am făcut cu mâna şi eu. Poate şi ceilalţi, nu ştiu sigur. Erau în spatele meu.

Uşile de la autobuz s-au deschis şi o doamnă în uniformă a coborât din autobuz. Evident, ea era şoferul.

„Oh, slavă Domnului! Lăudat să fie Isus! Mulţumesc, Doamne, pentru că ne-ai adus aici! ", repeta într-una. Când a ajuns la Bobby, l-a apucat cu braţele masive şi l-a îmbrăţişat. „Oh, omule, tu eşti o privelişte minunată pentru ochi trişti! Numele meu este Latisha şi am condus acest autobuz tot drumul din oraş până aici! Am un autobuz plin de oameni şi am un medic adevărat în acea ambulanţă! Aveţi loc şi pentru noi? Este sigur aici? Avem şi copii... şi medicamente."

Am râs şi i-am întins mâna. „Latisha, sunt Paul Stiles. Aceasta este cabana mea, iar voi sunteţi bineveniţi să staţi, cu o singură condiţie: noi toţi lucrăm ca să rămânem în siguranţă aici. Dacă e în regulă pentru voi, sunteţi toţi bineveniţi aici. "

Latisha flutură mâna la mine. „Oh, vă rog, domnule Stiles! Ne aşteptăm să fie păstrat totul în siguranţă! Nu suntem nechibzuiţi." Se întoarse spre autobuz. „Bine, oameni buni, ieşiţi afară! E sigur! Avem un loc unde să stăm!"

Din interiorul autobuzului, au coborât scările trei bărbaţi într-un singur şir. Fiecare dintre ei avea ceea ce păreau puşti semiautomate, cu încărcătoare de rezervă. Am fi rezistat mai puţin de un minut, dacă ne-ar fi atacat.

Am aruncat capul pe spate şi am izbucnit într-un râs lung şi consistent. În curând, cu toţii ne-am pus pe râs de absurditatea situaţiei. Toţi dintre noi, privind armele, aşteptând să ne omorâm unul pe altul, deşi creaturile vor avea probabil grijă de asta pentru noi. Dacă nu în această toamnă, atunci în următoarea primăvară sigur.

Când ne-am săturat de râs, i-am spus lui Latisha că vom pune nişte scânduri pe jos, astfel încât să poată trece şanţul şi că ar putea parca vehiculele cât mai aproape de cabina posibil.

Capitolul 7

Treizeci şi trei de suflete ni s-a alăturat în acea zi, aducându-ne numărul total la şaizeci şi unu. Povestea lor nu era diferită de a noastră. Cum au ieşit din oraş, s-au înscris în traficul congestionat orientat spre munţi.

Latisha a spus că au luat-o pe drumul nostru în speranţa de a găsi un drum care să ducă peste munte. Când i-am spus că drumul se încheia la cealaltă cabană, ea a început sa râdă.

„Slavă lui Dumnezeu că ne-a condus aici, atunci", a spus ea. „Cred că ne-a adus aici pentru un motiv."

Petrecuseră noaptea în interiorul unui garaj de beton în Pine Valley, şi doar din noroc fusese cruţat oraşul acela de invazie.

„Dar, când am plecat, am auzit bâzâitul unor creaturi zburătoare în partea de est a oraşului. Am plecat cât am putut de repede ", a spus Latisha.

Medicul era într-adevăr un medic adevărat. Numele lui era Ieremia Case şi călătorise în ambulanţă cu doi paramedici. Doctorul Case lucrase ca medic la spitalul de urgenţă din Pine Valley. Paramedicii erau de la oraş. Pasagerii erau oameni de toate vârstele. Armele fuseseră luate de la un magazin de articole sportive din Pine Valley, iar unii dintre pasageri ştiau cum să le folosească. Unul dintre aceştia, Roger Tippet, era un ex-Marine, care participase la diferite acţiuni în Irak.

În timp ce ne familiarizam unii cu alţii, Lee Adams m-a strigat.

„Paul! Poate vrei să vii să vezi asta la televizor!", a strigat.

Am făcut semn că l-am auzit şi i-am invitat şi pe ceilalţi să se simtă liber să intre.

Când primii dintre noi au ajuns la uşa din faţă, Lee a spus, „Reporterul a spus că insectele au încercat să intre în studioul lor. Sunt în subteran, dar nu cred că pot rezista. A spus că insectele veniseră prin puţurile de aerisire. "

„Oh, rahat", am spus.

Aproape toţi erau înăuntru, privind reporterul nervos şi transpirat.

„...iar situaţia este disperată, oameni buni. Sperăm că v-am oferit suficiente informaţii pentru a supravieţui, dar, aşa cum se poate vedea, s-ar putea să nu fie suficient. Creaturile sunt tenace, puternice şi înfometate. Le putem auzi pe coloanele de susţinere şi cum muşcă din uşile buncărului. Nu cred că mai avem mult timp. A fost o plăcere să vă prezentăm rapoartele de ştiri şi vă mulţumesc pentru atenţia dumneavoastră. Vom îndrepta camera de luat vederi în sus, astfel încât nu va trebui să vedeţi cum murim. La revedere şi noroc."

Cu aceste cuvinte, camera s-a îndreptat spre tavanul buncărului şi tot ce a rămas a fost sunet. Am putut auzi o mulţime de strigăte, zgomote de metal rupt, izbituri, iar apoi, în cele din urmă, ţipete. Am oprit televizorul.

„E destul", am spus. „Binecuvântaţi-i şi sper că s-a sfârşit totul repede."

Latisha îşi plecase capul şi spunea o rugăciune încet, pentru oamenii din redacţie. Când a terminat rugăciunea, toţi am spus, „Amin."

DOCTORUL CASE A ÎNTREBAT dacă ar putea amenaja o cameră de consult într-una din camerele de la etaj. I-am spus că ar putea folosi biroul şi că vom muta totul, dacă este necesar. Aşa a făcut, păstrând doar masa şi scaunul.

Doctorul a spus că el şi paramedicii vor fi la dispoziţie pentru tot ceea ce necesită asistenţă medicală. I-am spus că speram ca nimeni să nu aibă nevoie de serviciile sale.

„Am deja pe cineva care are nevoie de serviciile mele", a spus dr Case.

„Într-adevăr? Care-i problema?", am intrebat.

„Este unul dintre pasagerii care au venit de la oraş cu Latisha. Nu am mai văzut aşa ceva", a terminat.

M-am sprijinit de birou. „Domnule doctor, trebuie să fiu sincer. Mă tem de o infecţie cu aceste creaturi aici. Am fost norocoşi. „I-am spus despre întâlnirea noastră cu Cheryl şi ce s-a întâmplat cu Ralph.

„E interesant. Aţi văzut vreodată perioada de incubaţie completă în cazul unei infecţii? Ştiţi cum se manifestă la început? Sau în cât timp se ajunge de la infecţie la această condiţie „ochi goi" pe care aţi descris-o?"

Am clătinat din cap. „Nu, domnule doctor, nu vă pot spune. Din câte știu, toți dintre noi ar putea fi infectaăi, nu putem ști până nu vomităm sânge și larve."

„Acestea sunt informații pe care nu le am. Puteți să descrieți totul? Detaliat? Asta poate să mă ajute pe mine și pe alții."

I-am povestit totul amănunțit. Despre ochii goi, lăptoși. Despre capacitatea de a rămâne mobili, chiar dacă mintea și corpul lor erau devorate în interior. Despre ultima tentativă de a vorbi, urmată de expulzarea prin vomă a sângelui amestecat cu larve ce cresc rapid.

„Dacă mă gandesc, nu știu nici măcar în ce fel de creaturi se transformă aceste larve, încerc doar să deduc. Aceasta provine de la creatura care a venit prin liniile de canalizare la mine acasă."

„Îmi imaginez că reproducerea este la fel, indiferent de ce fel de creatură s-ar forma." Doctorul Case își trecu mâinile prin păr. „Cum poate cineva să aibe vederi atât de scurte? Cum poate cineva crea genetic așa ceva fără a se gândi la rezultat sau la implicații? "

„Unii oameni urăsc SUA atât de mult, cred. Probabil gândeau că erau un fel de martiri sau eroi sau așa ceva." M-am oprit o clipă. "Deci, spuneți-mi despre pacientul dumneavoastră."

Doctorul Case s-a uitat la mine. „Nu sunt sigur că pot, fiindcă există raportul de confidențialitate medic-pacient ."

„Nu cred că mai este cazul, domnule doctor", am spus. „Trebuie să știu ce fel de amenințare poate fi această persoană pentru noi toți."

„De ce? Ca să-l puteți arde? ", a spus el tăios. Imediat, a adăugat, "Îmi pare rău. Înțeleg cât de greu a fost pentru voi, și am înțeles de ce a trebuit să o faceți. "

Am ales să nu mă supăr. Dar, mi-am rezervat dreptul. „Punct lovit! Și, nu înțelegeți greșit- o voi face din nou, în cazul în care trebuie. Trebuie să țin grupul în siguranță, asta e tot."

Doctorul Case s-a uitat la podea, studiind problema. „Bine. Aveți dreptate, desigur." A respirat adânc. „ Pacientul a fost penetrat de o larvă."

Am simțit că mi s-au lărgit ochii. „Domnule doctor, asta e foarte rău!"

„Poate că nu, Paul", a răspuns el. „Am fost acolo când s-a întâmplat și am luat câteva măsuri de precauție. Am prins chestia cu un mic forceps și cred că am scos cea mai mare parte din pacient, dar nu pot fi sigur. Apoi, am spălat zona cu alcool şi peroxid şi i-am injectat un antibiotic, anti-viral şi ... ei bine ... un praziquantel. "

„Ce este un praziquantel?"

Dr. Case a zâmbit uşor. "Un medicament împotriva viermilor".

„Un medicament împotriva viermilor?", am intrebat neîncrezător.

„Este utilizat în principal pentru tratamentul împotriva teniei. Se pare că a funcţionat până acum. A fost infectat acum două zile, cam in acelaşi timp în care vecinul tău a vomat pe masina de tuns gazon.”

Nu puteam crede. Un medicament împotriva viermilor. Dar, apoi, din nou, am putut vedea de ce. Şi dacă funţiona, cu atât mai bine.

M-am gândit la ceva. „Dar nu ştim încă perioada de incubare, nu-i aşa?”

Doctorul Case a clătinat din cap. "Nu."

„Deci, ar putea fi încă infectat?”

„Da.”

„Atunci ar trebui să-l ţinem în carantină ... cel puţin pentru încă o săptămână.”

„Sigur”, a spus Case. „Unde să-l ţinem? În camera dumneavoastră? În camera mea?

. În autobuzul în care dorm mulţi oameni? Sau am putea să-l punem în camera congelatorului. "

Am ridicat mână. „Am înţeles, domnule doctor." Am reflectat o clipă. "Bine, atâta timp cât are pe cineva cu el tot timpul."

„La asta m-am gandit şi eu.”

Şi asta a fost tot. Cel puţin în ceea ce privea pacientul eventual infectat.

TÂRZIU ÎN DUPĂ-AMIAZA aceea, verificam bateriile din interiorul dependinţei. Producţia noastră de energie mergea bine şi se părea că aveam suficientă putere solară şi eoliană pentru a le menţine complet încărcate. În timp ce verificam câteva conexiuni de linie, Bobby a intrat în clădire.

„Paul, poţi să ieşi afară doar pentru o clipă?”, a întrebat.

"Sigur." Am luat puşca, pe care o ţineam mereu cu mine de acum şi am păşit afară. „Ce este?”

„Ascultă!", a spus Bobby.

Am ascultat. Am auzit vântul şi nimic altceva ... la început. Încet, am început să aud sunete uşoare, un fel de zumzet îndepărtat al unui ferăstrău.

„Se aude o drujbă?", am intrebat.

„Nu sunt sigur", a spus Bobby. „Am ascultat-o pentru câteva minute înainte să vin la tine, dar nu am reuşit să-mi dau seama. M-am gândit că două perechi de urechi sunt mai bune decât una."

Am ascultat încă un pic, dar sunetul s-a îndepărtat şi s-a stins.

Soarele era aproape coborât, aşa că am ridicat din umeri şi am spus: „Cred că oricine o fi fost a lăsat pentru a doua zi."

Bobby avea o privire îngrijorată pe faţă. „Poate. Da, poate că ai dreptate."

Sincer, nici nu m-am mai gândit la asta. Am fost atât de ocupaţi în noaptea aceea cu organizarea pazei cu persoanele suplimentare şi programarea pentru ca oamenii să meargă la cabana lui Susan în dimineaţa următoare pentru a construi un şanţ, că nu m-am mai gândit la drujba pe care o auzisem.

Dar m-am gândit de a doua zi. M-am gândit mult.

BOBBY ŞI BILLY S-AU ocupat de construcţia şanţului la Susan. Cei doi fraţi au luat echipele de lucru pe drumul care şerpuia de-a lungul versantului muntelui până la cabina lui Susan. După cabana lui Susan, drumul devenea un traseu dificil, folosit mai ales de către vânători şi entuziaşti ai mersului pe patru roţi.

Am rămas în spate la cabană, verificând generatoarele de urgenţă, organizând şi stocând proviziile şi asigurându-mă că armele noastre erau curate, şterse cu ulei şi funcţionante. Am înfiinţat o mică dughenă în curtea din faţă, cu Phyllis şi Latisha care mă ajutau.

Era o zi caldă pentru sfârşitul lunii septembrie. Erau temperaturi medii de 21 grade Celsius, iar soarele strălucea puternic.

La scurt timp, Phyllis a intrat în cabană. Ea împreuna cu Susan s-au dus să pregătească ceva pentru masa de prânz. Michael, care rămăsese în spate la cabană, de asemenea, în acea zi, s-a aşezat şi a luat locul lui Phyl.

Toți trei dintre ne bucuram de ziua aceea și încercam să ne cunoaștem reciproc.

„Paul, ce ți s-a întâmplat în oraș?", a intrebat Latisha.

„Am reușit greu să ieșim din casă", am răspuns. I-am spus ei și lui Michael totul despre acea dimineață și cum o abia am reușit să ajungem pe alee. „Dacă soarele nu ar fi fost atât de strălucitor, chestia aia care se ascundea sub mașina de tuns iarba ar fi atacat cel puțin pe unul dintre noi."

Tyrese, unul dintre pasagerii din autobuzul Latishei, a intrat în curtea din față cu Richie în timp ce povesteam și s-a așezat ca să asculte.

„Iar tu, Michael?", a intrebat Latisha.

Michael le-a spus că nu știa nimic despre insecte, până când am intrat eu în magazin, și despre ce se întâmplase cu clientul din față și chestiile zburătoare de la magazinul lui McKelvie.

„Omule!. La McKelvie", a spus mirată Latisha. S-a uitat la Richie, apoi a arătat spre el în semn de recunoaștere. „Da, îmi amintesc de tine! Erai amabil întotdeauna cu toată lumea! Și era și o fetiță drăguță care ținea registrul, de asemenea, atunci când am fost ... o fată blondă și subțirică ... "

„Trebuie să fi fost Teresa", a spus Richie. „Domnul Stiles a văzut-o, de asemenea. Era ea și era acolo și Millie."

„Millie? Acea canalie! Cum de n-am văzut-o încă?"

„Nu știu, doamnă", a spus Richie.

„Poate pentru că ați ajuns aici ieri seară atât de târziu", am spus. „Când vor termina toți de mâncat și își vor găsi un loc de dormit va fi deja timpul să mergem să ne culcăm."

Latisha a râs când a auzit asta. „Ai dreptate, dragă! Abia îmi amintesc de tine și de cei doi Barnes!"

„Dar tu, Latisha?", a intrebat Michael. „Cum ai ieșit din oraș?"

Zâmbetul i-a dispărut de pe fața ei ca și cum ar fi fost închis un comutator au fost aruncate. „Nu vă spun totul, așa că va trebui să aveți răbdare cu mine. Probabil o să plâng în timp ce vă povestesc, dar să nu râdeți, auziți?"

Am bătut-o pe umăr. „Stai liniștită, Latisha. Toți am văzut lucruril pe care am vrea mai degrabă să le dăm uitării."

Latisha s-a uitat în jos și a spus, „Da, cred că ai dreptate." A ridicat capul și a privit spre orizont. „Mă întreb, totuși..."

„Te întrebi ce?", a intrebat Michael.

„Mă întreb dacă acest lucru este Ziua Judecății De Apoi."

Desigur, nici unul dintre noi nu a avut un răspuns la asta.

Latisha inspiră adânc. „Bine, voi ați vrut-o. Iata povestea unui șofer de autobuz."

Capitolul 8

„Nici măcar nu trebuia să conduc în acea zi", a spus Latisha. „Era ziua mea liberă, dar atât de mult a insistat şeful meu şi mi-a promis o zi liberă în plus în săptămâna următoare, vineri ... plus o zi de lucru şi jumătate pentru o tură întreagă, dacă aş fi venit să conduc măcar câteva ore. Hei, am patru copii, toţi adolescenţii ... Îmi prindeau bine banii!

„Bun, m-am dus şi a trebuit să conduc acest autobuz vechi care nu are nici acordeon la mijloc. Doar un vechi autobuz rigid. Traseul era diferit faţă de cel pe care îl făceam eu, dar ştiam deja că aşa se va întâmpla. Deci, am verificat lista şi am început.

„Ruta mea era în partea de est a oraşului."

Ochii mi s-au lărgit. "Oh, fir-ar să fie!", am spus.

Latisha a clătinat din cap. „N-am văzut nimic la început. Oamenii urcau şi coborau ca de obicei. Unii dintre arătau cam ciudat, dar aşa e viaţa în oraş, nu-i aşa? Oamenii arată mereu ciudat."

Am observat că Latisha pliase şi repliase o cârpă de mai multe ori şi nu se uita la noi.

„Am un obicei prost când conduc pe traseu", a continuat ea.” Nu observ întotdeauna pe cei care intră în autobuz. Vreau să spun că nu mă uit la ei. Mă uit concentrat la trafic, dar nu mă uit la oameni. Nu eram pe ruta mea normală, aşa că pur şi simplu nu aveam chef să socializez în acea zi. Astfel că nu am văzut-o când a urcat în autobuz. Adică, am văzut-o, dar nu m-am uitat la ea, ştiţi ce vreau să spun?

„Tyrese, cine mi-a spus despre ea? Manuel?", a întrebat Latisha.

Tyrese a dat afirmativ din cap. „Cred că el, Latisha."

Latisha a dat şi ea din cap. „Şi eu cred." Continua să plieze şi să desfacă acea cârpă. „Manuel a venit în faţă şi mi-a spus că era o doamnă care se simţea foarte rău în autobuz. Dumnezeu să mă ajute, i-am spus ceva de tipul : « îți par o asistentă?» O lacrimă i-a coborât pe obraz. „La următoarea stație, toată lumea a început să strige că femeia se simțea rău și avea nevoie de ajutor. Am oprit autobuzul, așa că m-am ridicat, intenționând să le țin o predică. Apoi am văzut-o."

Latisha a pliat și a desfăcut din nou cârpa și și-a șters o lacrimă de pe obraz cu dosul palmei. „Părul ei negru și lung părea îmbâcsit de parcă nu s-ar fi spălat în câteva zile. Pielea ei era palidă, iar ochii îi erau lăptoși și goi, așa cum ai spus că îi avea vecinul tău, Paul."

A ridicat capul, privind apoi spre orizont. „I-am spus să coboare din autobuz. În loc să chem ajutor, i-am spus să coboare naibii din autobuzul meu. Ohhh, Dumnezeule!", a spus tristă și a izbucnit în lacrimi.

M-am aplecat peste ea și i-am strâns ușor umărul. „Latisha, nu ai mai fi putut-o ajuta în acel moment. Era deja dusă."

„Dar eu nu știam atunci!", a strigat. „Ăsta e punctul, Paul! În loc de a încerca să o ajut pe biata femeie, m-am enervat pe ea! I-am spus să coboare din autobuz, tratând-o ca pe un nimic!"

A continuat să suspine și să plângă un timp. Când s-a calmat, a început să vorbească din nou.

„Oamenii au gândit că eram fără inimă, iar femeia a mers încet spre ușile din față ale autobuzului. Un bărbat a coborât cu ea. Avea o mână pe spatele ei, iar cu cealaltă îi ținea brațul. Au ajuns la aproximativ doi pași de autobuz când femeia a făcut ceea ce făcuse și vecinul vostru. A vomat câțiva litri de sânge amestecat cu acel lichid negru. La împroșcat peste tot pe omul care a coborât cu ea. Apoi a vomat din nou și a căzut pe trotuar făcută covrig. Toți ne holbam pe geam la ei, când deodată omul începu să se plesnească peste tot cu palma, ca și cum el ar fi fost atacat de un roi de țânțari. În cele din urmă a luat-o la fugă pe stradă. Am închis ușile și am plecat repede departe de acolo. Văzusem larvele pe care femeia le vomase și că unele din ele aterizaseră pe acel om. Nu aveam nici cea mai mică intenție să rămân pe acolo. Am vorbit prin radio la dispecerat, explicând ceea ce se întâmplse și mi-au spus să vin înapoi, căci se întamplase deja peste tot în oraș. Am strigat la toată lumea că ne îndreptam înapoi spre stația principală și că toți vor fi duși unde vreau să meargă, dar era o situație de urgență, iar asta a fost tot. Am luat-o înapoi, iar din acel moment am mai văzut o duzină de oameni cu ochi goi mergând pe trotuare pe o distanţă de doar câteva blocuri. Doi dintre ei vomară chiar când am trecut pe lângă ei.

„După aproximativ patru blocuri, am vazut primul creatură."

„Vezi, nu cunoşteam situaţia la momentul respectiv, dar Latisha ne-a salvat pe toţi atunci când a dat-o pe tipa aceea jos din autobuz", a spus Tyrese. „Dacă fata aceea ar fi vomat în autobuz, am fi fost toţi deja mâncaţi până acum."A râs. Era un sunet slab şi gutural. „Femeia asta ne-a salvat pe toţi, iar noi o consideram o ticăloasă!" Faţa lui a devenit din nou serioasă. „Are dreptate. Prima creatură era cam de marimea unui cocker spaniel ... părea un centiped mare, dar avea un bot lung, cu dinţi. Iar corpul îi era acoperit cu blană roşie ca de vulpe. Chestia a traversat strada în faţa noastră şi a atacat un beţiv. L-a prins pe beţiv şi l-a dărâmat, omule! Apoi l-a muşcat de cap. Latisha a continuat să conducă. Câteva blocuri mai încolo, am trecut pe langă o grămadă de creaturi zburătoare ca cele pe care le-ati văzut voi în magazinul alimentar. Au atacat trei persoane pe care le cunoşteam şi le-au rupt în bucăţi. Câteva au lovit autobuzul, dar au lăsat doar o adâncitură în acoperiş."

„Nu a strigat nimeni numele meu, slavă Domnului!", a spus Latisha. „Se auzeau" : «Grăbeşte-te!» sau «Nu te opri!». A reînceput să replieze si desfacă acea cârpă. Apoi s-a uitat din nou spre orizont. „Doamne iartă-mă, dar am dat iar peste doi oameni cu ochi goi. Şi o mulţime de creaturi. Lumina soarelui nu îi oprea pe băieţii ăştia răi, Paul. Tu nu-ţi dai seama confuzia care a fost - oameni fugind pretutindeni, creaturi năvălind peste tot, maşini în toate direcţiile ... a fost o nebunie în partea de est a oraşului, domnilor." Desfăcea. Plia. „Am rămas pe autostradă. De fiecare dată când ajungeam aproape de o rampă, puteam vedea cât era de aglomerat. Maşinile nu se mişcau deloc, dar nu din cauza traficului. Era din cauza creaturilor! Erau peste tot."

Un bărbat hispanic, unul dintre pasagerii lui Latisha, Pablo, cred, a venit la noi în timpul ultimilor propoziţii ale lui Latisha. Ne-a oferit vreo două comentarii.

„Latisha a continuat să conducă. Nu conta ce era în faţa autobuzului, Latisha a continuat să conducă. Ne-a salvat pe toţi."

Plia. Desfăcea. „Creaturile erau din ce în ce mai puţine cu cât mergeam mai spre vest ", a spus ea. „Acesta era un lucru bun, altfel nu am fi reşit să scăpăm."

„Câţiva tipi au dat drumul la radio radio", a adăugat Tyrese. „Au spus că munţii erau cel mai sigur loc."

„Aşa că ne-am îndreptat într-acolo şi noi", a spus Latisha. „Am ajuns la Pine Valley pe la ora 0,30 şi am decis să riscăm să ne culcăm acolo şi să plecăm a doua zi dimineaţa. Am găsit această benzinărie veche cu un garaj dublu. Nu era nimeni acolo, aşa că am parcat autobuzul în interior, am închis uşile şi ne-am sigilat înăuntru."

Pablo a spus: „Unii dintre noi au plecat, totuşi. Aveam nevoie de arme ... mâncare. Aşa că am riscat şi am ieşit din benzinărie. "

„Au făcut treabă bună", a spus Tyrese. „Am dat peste un magazin de amanet pe care cineva îl lăsase deschis. Avea o cameră ascunsă în spate. Acolo am găsit mitralierele."

„Am luat cât am putut transporta şi le-am dus la garaj. Apoi, ne-am dus din nou pentru mâncare ", a continuat Pablo. „Magazinul era gol, de asemenea. Toţi plecaseră, dar nu au luat nimic cu ei!"

„Aşa că am găsit şi mâncare", a spus Tyrese. "A fost nevoie trei drumuri şi o mulţime de spaţiu, ceea ce nu lipsea în autobuz."

„Cum l-aţi cunoscut pe doctorul Case?", a întrebat Michael.

„Noroc chior", a spus Tyrese.

Latisha a râs. „El şi cei doi paramedicii au venit urlând în benzinărie Parkin, au parcat ambulanţa, lăsând urme de derapaj peste tot, atât de brusc au frânat! Toţi trei au ieşit imediat din maşină de parcă le ardea părul în cap!"

„De ce au ieşit din ambulanţă aşa?", am intrebat.

„A fost din cauza lui Manuel", a spus Latisha. "O larvă era în spate cu el ..."

Am întrerupt-o, deoarece am putut ghici că Manuel era cel despre care doctorul Case îmi vorbise. „Nu spune nimic! N-aş vrea să fiu în apropierea unei larve şi nici n-ar trebui să fiu!" Nu voiam să se audă despre probabila infecţie a lui Manuel. Vream să ţin asta pentru mine deocamdată.

Latisha părea să înţelegă şi a continuat să povestească. „Deci, pentru a scurta poveste, s-au alăturat nouă. Azi dimineaţă, am început să urcăm acest deal şi eram hotărâţi să găsim o gaură undeva în care să intrăm şi să ne închidem acolo. Şi v-am găsit pe voi oameni buni." Plia. Desfăcea. „Sper doar ca Dumnezeu în mila lui nesfârşită să mă ierte fiindcă am izgonit pe acea femeie din autobuz şi pentru că am trecut peste alte persoane cu ochii goi."

Slab, în depărtare, am auzit drujba pe care eu şi Bobby am auzit-o cu o zi înainte. Zgomotul s-a stins ca şi cum l-ar fi luat vântul şi l-ar fi răspândit de-a lungul muntelui.

„Ați auzit asta?", am intrebat.

Toți s-au oprit să asculte.

„Pare a fi o drujba", a spus Richie.

„Ar putea fi unul dintre aeromodelele care zboară prin control radio sau așa ceva", a spus Tyrese.

Sunetul a devenit treptat mai tare.

„Nu cred că e un model de avion. Sau o drujba", a spus Michael.

Am mai ascultat un pic. În cele din urmă, nu am mai rezistat.

„Hai să vedem ce este", am spus.

Fiecare dintre noi a luat o armă și a încărcat-o. Am început să ne uitam în jurul nostru, așteptând să vedem ce va ieși dintre copaci. Orice ar fi făcut zumzetul acela, știam cu toții că nu era făcut de om.

În timp ce ne uitam, Susan a deschis ușa cabanei și a strigat: „Masa de prânz este gata! Veniți! "

La sfârșitul propoziției lui Susan, sursa zgomotului a zburat peste copaci spre noi. Avea o formă de viespe, cu aripi negre lungi și un abdomen subțire. Aceea era cea mai bună comparație, în orice caz. Avea o antena lungă toate pe care o aveau toate creaturile, dar chestia aceasta avea un bot lung, aproape canin, cu mulți dinți și o limbă lungă. Blana sa avea dungi negre și galbene, ca o viespe, și avea opt picioare. Fiecare picior se termina în ceea ce am putea numi labe, iar fiecare labă avea gheare retractabile la sfârșitul fiecăreia dintre cele cinci degete. Fiecare gheară părea foarte ascuțită. Ochii săi nu erau compuși cum te-ai aștepta să vezi la o insectă. Erau negri, reci și goi, și semănau cu ochii de reptilă. Fiara avea cel puțin doi metri lungime.

Un gând mi-a trecut rapid prin mintea - era un blestem la adresa omului de știință a cărui imaginație a creat această fiară.

Susan a țipat de pe veranda din față. Am tras cu arma, dar aparent am ratat complet chestia. A început să facă zig zaguri, la fel ca o musca lovită cu plesnitoarea. Latisha și Michael au tras, dar au ratat ammândoi. Richie a tras cu revolverul 0.38 și a reușit să zgârie creatura, deoarece zumzetul a devenit mai tare și mai furios.

Și a țipat.

Mai târziu, ne-am decis toți că un țipat a fost ceea ce am auzit. A fost un țipăt strident. Am continuat să tragem și chestia a continuat să evite loviturile..

A început să zumzăie spre cei dintre noi care se aflau pe peluza din față și a trebuit să ne ferim de câteva ori.

Între timp, Susan, Phyllis și alți câțiva au deschis focul de pe verandă. Ambele femei foloseau carabine și ambele au țintit creatura urmărind-o prin cătare . Aceasta scos din nou un țipăt lung, ascuțit, probabil de durere. Creatura sângera, iar sângele ei era de o culoare închisă, maro. A mai țipat o dată, apoi a aterizat pe peluza din față la aproximativ cincizeci de metri de noi.

După ce a aterizat, Tyrese a deschis focul asupra creaturii cu pistolul automat. A tras asupra ei vreo treizeci de gloanțe, în timp ce restul dintre noi a deschis, de asemenea, focul. . Curând, fiara zburătoare era doar o carcasă plină de sânge, mutilată de armele noastre.

Am stat tăcuți, uitându-ne la monstru.

Tyrese a rupt tăcerea. „La naiba! Credeam că trebuia să fim în siguranță în munți!"

Latisha i-a pus mâna pe umăr. „Calmează-te, Tyrese. S-a terminat acum."

Dar nu se terminase.

Am auzit un zumzăit imens provenind din aceeași direcție. Peste vârfurile copacilor, alte cinci creaturi veneau în zbor spre curtea din față.

Aceste cinci creaturi erau cel puțin de două ori mai mari decât prima. Dacă acesta era un indiciu, am ucis după cât se pare o creatură tânără. Și, dacă am omorât puiul, probabil erau un pic supărați.

„La naiba!", am strigat. „Trageți! Trageți în ele! Duceți-vă spre casă! Duceți-vă! Fugiți! "

E foarte greu să tragi cu precizie cu o armă în timp ce fugi ca să scapi. Cel mult poți spera într-o lovitură norocoasă. Nu am avut noroc.

Una dintre fiarele zburătoare s-a năpustit asupra lui Pablo și l-a dărâmat la pământ. Pablo a țipat. O a doua fiară a aterizat deasupra lui Pablo și i-a înfipt ghearele în spate. Și-a arcuit partea de jos a abdomenului exact ca o viespe si l-a înțepat pe Pablo cu un ac lung, gros ca un braț uman. L-a mai lovit de două ori pe Pablo înainte ca Tyrese să se lase în genunchi și să înceapă să tragă cu pistolul automat. Au mai fost doar vreo douăzeci de cartușe rămase în încărcător. A rănit fiara, împușcând-o într-una dintre aripi, dar nu a fost de ajuns să o ucidă. Rănită, nu putea zbura, dar și-a descleștat ghearele sale de pe Pablo și a încercat să scape șchiopătând.

Restul dintre noi intase pe verandă când cele patru fiare au ajuns deasupra curţii din faţă, încercând să o protejeze pe cea rănită. Tyrese a băgat un alt încărcător în pistolul automat şi era gata să deschidă din nou focul. Era însă prea târziu. Una dintre creaturi l-a lovit din spate, iar pistolul automat a căzut departe de Tyrese. Faţa bărbatului era un rictus de durere, şi, în timp ce noi toţi priveam, creatura l-a ridicat pe Tyrese de la sol şi a început să zboare cu el, ca un păianjen prins de o viespe.

Am tras in creatură, dar nu prea mult. Ne era teamă să nu-l lovim pe Tyrese. În timp ce ne uitam cum îl ducea peTyrese departe, o a doua creatură permisese celui rănit de a se agăţa de ea cu ghearele şi-au zburat de acolo. O a treia creatură îl căra pe cel tânăr.

Pablo zăcea mort în curtea din faţă în timp ce creaturile se îndepărtau.

TÂRZIU ÎN DUPĂ-AMIAZA aceea, l-am îngropat Pablo la marginea pădurii, alături de Cheryl. Incinerasem corpul lui Pablo pentru cazul în care cu acul depusese, de asemenea, ouă. Latisha a spus câteva cuvinte pentru camaradul nostru căzut şi ne-a îndemnat să ne rugăm împreună cu ea.

Când a terminat, am spus: „Trebuie să discutăm. Toată lumea înăuntru!"

După ce au intrat toţi, cu santinele pe veranda din faţă şi pe veranda din spate, am început să le vorbesc.

„A mai văzut cineva vreun avion azi?", am întrebat. Tăcere generală. „Bine, a încercat cineva să asculte un radio?" Tăcere generală. „A folosit cineva un telefon mobil?" Ştiam deja răspunsul la această întrebare - aproape toată lumea a ridicat o mână. „A avut noroc cineva? Ştiu că serviciul este disponibil de la turn, dar a vorbit cineva cu altcineva din afara grupului nostru?" Tăcere generală din nou.

„Ce vrei să spui, Paul?", a întrebat Bobby.

Am respirat adânc. „Cred că suntem pe cont propriu. Nu cred că vine vreun ajutor organizat şi cred cu adevărat că va trebui să ne ajutăm singuri."

Au fost murmure generale de acord.

„Aceste chestii care zboară au, evident, un cuib în apropiere, undeva aici, în munţi. Ce credeţi că ar trebui să facem?"

„Crezi că se vor întoarce?", a intrebat cineva. Nu am putut vedea cine a fost.

„Desigur, se vor întoarce", am spus. „Am omorât pe unul dintre ei și pe altul l-am rănit. L-au luat pe Tyrese fie ca pe o gustare sau un loc în care să depună ouă. Când vor afla că suntem ușor de prins, se vor întoarce. Și nu cred că această cabană va rezista unui atac pe scară largă a creaturilor." M-am uitat la câteva fețe. „Deci, din nou, ce credeții că ar trebui să facem?"

„Ce vrei să spunem, Paul?", a întrebat unul dintre paramedici. „Suntem toți speriați de moarte de aceste chestii, dar nu suntem în siguranță aici cu ele în jur."

„Vrei să mergem să le vânăm la cuibul lor, nu-i așa?", întrebă Billy Barnes.

Toată lumea se uita la mine. În cele din urmă, am dat din cap afirmativ. „Da. Da. Cred că ar trebui să luăm aruncatoarele de flăcări, să le găsim cuibul și să le ardem."

Richie a clătinat din cap. „Nu. Nu, nu eu. Ai văzut cât de mari sunt chestiile acelea? Și asta e doar ce am văzut! Nu contați pe mine. Uh-uh."

„Un alt lucru pe care trebuie să-l luăm în considerare", a spus Bobby Barnes. „Munții trebuiau să fie siguri, conform ultimii difuzări a guvernului, deoarece temperaturile erau prea reci aici pentru creaturi." A privit în jur. „Dacă acestea nu sunt singurele creaturi care și-au făcut cuib în acești munți? Avem nevoie de informații ca să știm de ce aceste chestii sunt aici."

„Știm că aceste creaturi au plămâni", a spus dr Case. „Știm asta de la comunicarea primită de la poliție. Am o teorie conform căreia multe dintre aceste creaturi au caracteristici de mamifere, inclusiv ... sângele cald."

„Ce înseamnă „cu sânge cald"?", a intrebat Manuel.

Doctorul Case a răspuns. „Aceasta înseamnă că aceste creaturi pot genera propria căldură. Și dacă pot genera propria căldură, pot trăi la temperaturi mai reci, dacă este disponibil un adăpost." Și-a încrucișat brațele și și-a pus un deget pe bărbie. „Dacă aș avea un specimen, aș putea efectua o autopsie pe el. Îl disec pentru a vedea dacă presupunerea mea este corectă."

„Și să sperăm că bunul Dumnezeu o să aibă milă de noi dacă doctorul Case poate demonstra ceea ce spune", a spus Latisha.

Mai multe murmure de „Amin" s-au auzit pe coridorul principal al cabanei.

Atunci am spus: „Cred că e stabilit, atunci. Vom trimite mâine în direcția în care au zburat o echipă care să caute și să distrugă acele creaturi. Poate vom avea noroc și vom găsi cuibul."

Cineva din grup a spus: „Cel mai probabil o să fiți mâncați de cuib."

„Poate că da, dar e un risc pe care trebuie să ni-l asumăm. Michael, acele aparate de radio emisie-recepție sunt încă în stare bună de funcționare", am intrebat.

„Da, sunt!", a spus.

„Bine. Cine vrea să meargă cu mine?", am intrebat.

„Tu nu mergi, Paul", a spus Bobby.

S-a lăsat liniștea în cameră.

„Pardon?", am intrebat.

„Tu ești liderul grupului. Tu ești responsabil pentru toți. Tu rămâi aici și nu vreau să mai aud altceva cu privire la aceasta."

„Așteaptă o clipă ...!", am început.

„Nu, Paul. Dacă echipa pe care o trimitem se transformă în gustare nocturnă a creaturilor, atunci liderul grupului nostru va fi în continuare disponibil pentru a planifica al doilea atac. Ești prea valoros pentru grup pentru a ne asuma un risc de genul asta", a spus Bobby.

M-am uitat în jur prin încăpere. „Sunt toți de părerea asta?"

Un „Da!" răsunător, a venit din toate colțurile camerei.

Bobby s-a uitat la mine și a făcut cu ochiul. „Voi lua patru persoane. Îi vreau pe Nick, Manuel, Michael și Susan. Are cineva obiecții?" Nick era șoferul cisternei de benzină.

Nu erau obiecții.

Bobby a dat din cap. „Bine. Plecăm în zori. Ne întâlnim la anexa unde se află congelatorul."

„Trebuie să începem să ne gândim la altceva", am spus. „Avem nevoie de mai multă mâncare și mai multe haine. Trebuie să ne gândim la o expediție rapidă la Pine Valley."

Au început să murmure.

În cele din urmă, a vorbit Susan. „Paul are dreptate. Nu avem suficiente provizii pentru a trece prin iarna. Avem cu siguranță nevoie de haine groase, precum și orice alte alimente congelate putem găsi. Dacă nu le luăm acum și curentul se oprește, mâncarea se va strica. Acum e momentul să profităm de ceea ce putem găsi."

Au fost mai multe murmure de acord.

„Bine, ne vom ocupa de asta o zi sau două", am spus. „Acum, hai să ne ocupăm de echipa noastră de vânătoare și misiunea pe care o au de făcut mâine. Să spunem toți o rugăciune pentru ei și să sperăm că își vor face treaba!"

Capitolul 9

Grupul a plecat în zori a doua zi dimineața. Au luat două aruncătoare de flăcări și o canistră cu două galoane de benzină cu ei. Aveau vreo câteva lucruri pe care Bobby mi le arătase ... două grenade de mână luate de el de la Armureria Gărzii Naționale.

Noaptea precedentă, după adunare, am tras-o pe Susan într-o parte. Phyllis a venit și ea.

„Susan, ești sigură că vrei să faci asta?", am întrebat.

Susan s-a uitat la amândoi și a văzut îngrijorarea pe fețele noastre. „Da. Vreau să fac asta. Pentru mine și pentru Cheryl."

„Asta e tot e?", a întrebat Phyllis.

Susan s-a gândit o clipă înainte de a răspunde. „Desigur că nu. Lumea așa cum o știam noi nu mai există și viața mea nu mai există, de asemenea, căci Cheryl nu mai este. Nu vreau să mor, dar hai să punem problema în modul acesta: Dacă mor, nu mă supăr. Asta vreați să știți? "

După acel discurs, Susan a plecat.

Așa că, în dimineața următoare, cei cinci au plecat în căutarea cuibului creaturilor zburătoare. Înainte de a pleca, i-am cerut lui Bobby să vină mai aproape de mine și i-am șoptit puținul pe care îl știam despre Manuel și observațiile doctorului Case despre el. Bobby a spus că va fi cu ochii pe el.

Au plecat în liniște, dar mulți ieșiseră să-i vadă pentru ultima dată, după cum se așteptau. .

În timp ce dispăreau în spatele liniei de copaci, spre nord, cu toții speram ca ei să aibă succes și ne-am rugat în tăcere pentru siguranța lor.

Între timp, eu și Phyllis am vorbit câtorva oameni despre planul de a face un raid în oraș pentru provizzi. Destul de ciudat, Richie a vrut să meargă. A făcut chiar și o sugestie înțeleaptă.

De ce nu mergem noaptea? Cele mai multe dintre creaturi sunt destul de latente pe timp de noapte. Ar putea fi mai sigur", a spus Richie.

Aş fi putut spune ceva despre faptul că larvele deveneau latente în lumina soarelui, dar, în schimb, m-am aşezat înapoi pe scaun şi m-am gândit la ceea ce a spus. Era într-adevăr o idee bună.

„Richie, asta este o idee foarte bună!"

Tânărul a roşit un pic, dar părea mândru de laudă. Teresa stătea lângă el. L-a privit radioasă şi şi-a pus braţul pe al lui.

M-am uitat la Phyllis. "Să mergem în noaptea asta, atunci."

„Dacă tu crezi că cel mai bine, Paul", a răspuns ea.

„Cât de mult spaţiu mai este în congelator?", am intrebat.

„Destul", a spus Phyllis. „Şi dacă-l umplem, îl avem pe cel al lui Susan."

Şi asta a fost tot. Nu am mai vorbit despre Susan sau ceilalţi. Nu ne aşteptam ca ei să se întoarcă înainte de a doua zi, dacă s-ar mai fi întors.

În raidul din acea noapte, indicam eu drumul şi urma să luăm autobuzul. Megeau Billy Barnes şi Richie care se oferise voluntar. Latisha mergea şi ea, bineînţeles.

„Crezi că iei autobuzul meu în seara asta fără mine?", a spus ea. „Ia mai gândeşte-te, băiete!"

Lee Adams, omul în vârstă din rulotă s-a oferit voluntar, la fel şi Bernice. Am protestat. Am simţit că nu ar trebui să vină, dar Bernice spuse: „Paul, vă putem ajuta. Avem experienţă cu greutăţile şi ştii că suntem de încredere. Ce vrei mai mult? "

Lee a adăugat: „Da, şi ştii că ne vom apăra pielea. Suntem prea bătrâni ca să fugim."

Am chicotit la comentariul său şi am fost de acord.

Phyllis era îngrijorată. „Paul, nu vrei să meargă cu tine mai multe persoane? Mă tem că nu sunt suficiente."

„Nu, dragă, dacă luăm mai mulţi oameni, nu vom avea spaţiu în autobuz. Cred e bine aşa. Vom merge doar la un magazin alimentar şi un magazin de îmbrăcăminte. Dacă putem găsi un Target nedevastat sau Wal-Mart sau altceva care să aibe atât mâncare câ şi haine, vom face doar o oprire."

„Nu vrei să vin cu tine?"

„Bineînţeles că vreau, dar cine va avea grijă de copii? Nu ştim când se vor întoarce ceilalţi şi, sincer, nici nu ştiu numele majorităţii acestor oameni. Nu, vreau să stai aici cu copiii şi spune-i doctorului Case să rămână în alertă, de asemenea."

Lui Phyl nu i-a plăcut, dar nu a discutat. Era logic.

Am plecat la ora şapte în acea noapte. Soarele apusese deja, iar lumina zilei aproape dispăruse.

Latisha conducea. Toată lumea era bine înarmată cu ceea ce aveam, iar Richie îşi legase aruncătorul de flăcări la spate. Latisha mergea moderat pe drumul îngust. A fost o călătorie lipsită de evenimente în Pine Valley.

„Este un Wal-Mart la marginea oraşului", a spus Lee. „Putem încerca."

Am dat afirmativ din cap. „Haideţi! Vrei să-i indici direcţia lui Latisha?"

„Desigur!" Lee s-a dus alături de Latisha şi în cinci minute am tras în parcarea magazinului.

În parcare erau câteva maşini, dar păreau abandonate. Unele aveau uşile larg deschise, iar în altele, lumina din interior încă strălucea slab. Câteva maşini erau răsturnate şi se vedea un imens miriapod mort sub una din masinile răsturnate. Era mort ... sau, cel puţin, am sperat că era mort. Luminile din magazin erau încă strălucitoare, ceea ce însemna că congelatoare erau încă în funcţiune. Latisha a trecut încet de partea din faţă a magazinului. Nu am văzut nici un semn de oameni ... sau creaturi.

„Unde vrei să parchez, Paul?", a întrebat Latisha.

„Chiar în faţa uşii", am spus. „Şi lasă motorul pornit. Dacă va trebui să ieşim rapid, nu vreau să aştept să porneşti motorul."

Latisha a oprit autobuzul în faţa raionului alimentar al magazinului.

M-am ridicat, spunând tuturor: „Bine, nu vă uitaţi de mărimi la haine. Luaţi un căruţ de cumpărături şi umpleţi-l. Blugi, lenjerie, şosete, tricouri, paltoane şi ... toate astea în căruţ. Când căruţul este plin, aduceţi-l aici şi încărcaţi-l în partea din spate. Să nu ne dividem! Rămânem împreună şi stăm toţi în alertă. Întâi luăm haine, apoi luăm alimente. Sunteţi toţi gata?"

Toată lumea era.

„Bine, Richie, vei folosi acest aruncator de flăcări doar în ultimă instanţă. Nu vrem să ardem magazinul înainte de a lua lucrurile de care avem nevoie", am spus.

Latisha a deschis uşile, iar eu şi ceilalţi am ieşit din autobuz. Ne-am adunat pe trotuarul din faţa intrării şi am ascultat. Nu se auzea niciun sunet uman. Nu vorbe, nu câini lătrând, nici căruţuri ... nimic. Asta era rău.

Pe de altă parte, nu am auzit zgomote făcute de creaturi. Asta era bine.

S-a deschis primul set de uşi automate. Am intrat cu precauţie în clădire. Am mers cu atenţie printre automate, maşini de distracţie pentru copii şi chioşcuri video. Al doilea set de uşi automate se deschise şi am intrat în magazinul porpriu-zis. Era ciudat. Nu se auzeat niciun sunet, nicio muzică din difuzoare şi niciun zgomot făcut de oameni. Tăcerea nu era ruptă de declicul caselor de marcat şi nu se auzeau cărucioare de cumpărături rulând de-a lungul podelei.

„Bine, sunt speriat oficial", a declarat Billy. „N-am mai auzit o astfel de linişte totală într-un magazin ca acesta."

„Aşa e, nu?", am spus. „Este ca şi cum lumea s-ar fi oprit." Am aruncat o ultimă privire în jur la ceea ce am putut vedea în magazin şi am spus: „Toată lumea să ia un coş de cumpărături. Să mergem să luăm nişte haine."

Trăgând căruţurile din zona de stocare, se făcea un zgomot imens. Zăngănitul fiecărui căruţ când era scos dintre restul părea să aibă ecou prin magazinul gol, venind înapoi la noi ca o reverberaţie a unui sunet dogit. Încet, am împins carucioarele prin magazin, oprindu-ne la fiecare intersecţie de culoar şi privind în jurul nostru la orice semn de mişcare.

„Ai observat?", a întrebat Bernice. „Ai crede magazinul ar fi fost deja jefuit."

„Da. E ca şi cum nimeni nu ar mai fi avut timp. Creaturile trebuie să fi lovit tare şi rapid", a răspuns Billy.

„Ciudat", i-am răspuns. „Hai să luăm ceea ce ne trebuie şi să plecăm."

Am ajuns la raionul de îmbrăcăminte. Am început cu haine pentru femei.

„Începeţi cu lucruri călduroase", a spus Latisha. „Bluze în primul rând, sutiene, chiloţi, blugi ... oh! Paul, trebuie să luăm şi pantofi, de asemenea!"

Am început să aruncăm hainele în cărucioare. Nu ne-am uitat la măsuri sau modele. Ne interesa doar să fie călduroase şi practice. Dacă ar fi fost după femei, ar fi intrat totul într-un cărucior.

Doar ce umplusem două dintre cărucioarele de cumpărături, când am auzit: „Hei! Terminaţi! Opriţi-vă chiar acum! "

Toţi şase ne-am întors spre sunetul vocii, cu armele ridicate. În picioare pe culoar, arătând cu degetul spre noi, era un om nervos cu cravată. Pe eccuson se putea citi numele său "Walt - Asistent Manager" , iar faţa lui avea o expresie comică de surpriză pe ea. Pe pantaloni săi kaki a apărut brusc o pată întunecată, care s-a lărgit repede de la fund până la genunchi. Făcuse pe el de frică. Cinci pușți și un aruncător de flăcări îndreptate spre tine de către oameni luați prin surprindere ar putea produce efectul ăsta.

„Vo-Voi oameni buni nu pu-puteți intra aici," se bâlbâi Walt. „Companiei nu-i place. Și furtul este împotriva legii!" Expresia lui de frică pură s-a transformat într-o expresie de frică și speranță. „Ați putea fi acuzați!", a adăugat Walt de parcă asta ar fi contat ... de parcă ar fi fost cel mai important lucru în viața lui.

Am coborât pușca și le-am făcut semn celorlalți să facă la fel.

„Walt", am spus. „Numele meu este Paul Stiles. Am o cabană în munți și acești oameni stau cu mine. Avem nevoie de provizii și le vom lua pe acestea." M-am oprit. „Walt, ce știi despre creaturi? Creaturile?"

Walt a început să se caute în buzunar, de îndată ce i-am spus numele meu. Când am terminat de vorbit, a scos un carnet 3x5 cu firul spirală ce ține colile de hârtie laolaltă. Apoi a început să caute în buzunare din nou.

„Ai nevoie de un stilou, prietene?", a întrebat Billy. Ținea unul în mână, iar brațul întins spre Walt.

Dumnezeu să mă ierte, dar Walt îmi amintea atâ de mult de Don Knotts în acel moment, că am început râd. Nu m-am putut abține.

„Ce e amuzant, Paul?„, a întrebat Lee.

Am citat din Andy Griffith Show. «Te-au dat afară, Barney?»

Toți cu excepția lui Richie au înțeles aluzia și au izbucnit în râs. Richie fiind prea tânăr, nu văzuse vreodată spectacolul.

În cele din urmă, m-am oprit dint râs. „Deci, Walt, tu știi despre creaturi, nu-i așa?"

Walt, care mâzgălea ceva pe carnet, a dat din cap. Și-a lăsat mâinile să-i atârne pe lângă corp și a izbucnit în plâns.

Bernice s-a apropiat de om și i-a pus o mână pe umăr. Walt a răspuns la atingere întorcându-se și punându-și fața pe umărul ei. Plânsul a devenit mai puternic, iar Bernice l-a bătut pe spate pentru câteva minute, până când acesta și-a redobândit controlul. În cele din urmă a lăsat umărul lui Bernice, a scos o batistă și și-a suflat nasul zgomotos.

„Walt, tu vii cu noi la cabana mea." M-am întors spre restul grupului. „Nu-i așa?"

Toți au fost de acord.

„Mulţumesc!" Walt şi-a mai şters o dată nasul, băgându-şi apoi batista înapoi în buzunar. „Da, ştiu despre creaturi. Am ucis una în magazie."

Am rămas cu gura căscată de uimire. Billy l-a privit pe Walt în mod diferit, ca şi cum l-ar fi măsurat de jos în sus. Richie nu avea nici o expresie, iar Latisha a dat din cap în semn de înţelegere.

Lee era, de asemenea, uimit. „Cum ai reuşit, fiule?"

Walt a zâmbit. „Am amestecat nişte acid boric cu apă într-o cutie de gaz de cinci galoane. Apoi, m-am urcat în vârful rafturilor din magazie şi am aşteptat să treacă pe sub mine. Am stropit-o cu acea soluţie şi a murit. În mod dureros." A făcut o pauză. „Era ca una dintre acele creaturi lungi, ca în parcare."

O creatură miriapod. Am fost impresionat de simplitate. „Cum le-ai ţinut afară din magazin?"

Zâmbetul lui Walt s-a făcut şi mai larg. „Am pulverizat un întreg tub de Raid la fiecare intrare, iar pe jos am turnat nişte acid boric la marile uşi din spate. De asemenea, am turnat acid boric şi în fiecare toaletă după ce am tras apa în prealabil."

„Asta este absolut uimitor." M-am întors la ceilalţi. „Vă vine să credeţi cât de simplu este?"

„Folosesc înălbitor uneori, de asemenea", a adăugat Walt. „Şi substanţe chimice pentru piscină. Toate funcţionează şi până acum le-au ţinut departe. "

M-am uitat la Billy. Părea să fie la fel de consternat ca şi mine. „Nu pot să cred că e atât de uşor."

Walt ne-a întrebat: „Vreţi să o vedeţi pe cea moartă? E în spate!" A început să se îndrepte spre depozitul din spate al magazinului.

„Nu, nu, Walt, e în regulă." Am ridicat o mână, făcându-i semn să se oprească. „Ascultă, Walt, avem o cabană pe munte şi te luăm cu noi. Eşti doar tu? "

Walt a clătinat din cap. „Nu, nu, sunt alte două persoane aici cu mine."

Am dat afirmativ din cap. „Bine. Vin şi ei, de asemenea. Dar acum trebuie să începem să încărcăm proviziile în autobuz, iar acum vom adăuga alte câteva lucruri … cum ar fi acidul boric, înălbitor şi substanţe chimice pentru piscină."

Walt a arătat în sus, spre mansardă. Era o cameră acolo, în spatele unui glob întunecat. Curând, un alt bărbat şi o femeie tânără ni s-au alăturat.

Walt i-a prezentat. Bărbatul se numea Carlton, iar femeia Heather.

„Încântat de cunoştinţă oameni buni. Putem începe?" Am început din nou să pun haine în cărucioare.

În nouă persoane am luat repede destule haine, săpun, echipamente de campare şi substanţe chimice. Au umplut jumătate din autobuz. Acum trebuia să luăm alimente congelate.

Latisha era pregătită să pornească. „Sunt neliniştită, Paul. Ar trebui să plecăm."

Billy a fost de acord cu ea. „Da, şi eu sunt neliniştit."

Mi-am simţit pielea ca de găină de-a lungul braţelor. „Şi eu" M-am întors spre Heather, care stătea cu Richie: „Heather, aici sunt creaturi noaptea?"

A clătinat din cap. „Nu, de obicei, dacă nu le punem pe acelea care seamănă cu moliile. Vânează pe străzile luminate din parcare."

Am simţit un fior rece. „Cât de mari sunt acestea?"

„Sunt de mărimea capului unei persoane. Nu sunt prea mari în comparaţie cu unele dintre celelalte creaturi."

„Atacă oamenii?"

Din nou, Heather a clătinat din cap. „Nu au fost oameni pe acolo de când au apărut acele molii."

Asta nu-mi spunea exact nimic. Pe de o parte, moliile ar putea fi inofensive. Pe de altă parte însă, acestea ar putea fi mortale pentru oameni.

Am făcut un anunţ tuturor. „Bine, toată lumea să umple cărucioarele cu carne proaspătă. Putem folosi o parte imediat şi să îngheţăm restul. Apoi, băgăm carne congelată în spaţiul care mai rămâne. Voi lua un cărucior şi-l voi încărca cu legume congelate. Fiecare câte un cărucior , iar apoi să plecăm de aici. Am o presimţire rea."

Cred că toţi aveau o presimţire rea, pentru că am avut toate cele nouă cărucioare pline în zece minute. Ne-am aliniat la uşă.

„Bine, la fel ca înainte. Duceţi cărucioarele afară şi vom începe să dăm din mână în mână produsele ca să le încărcăm în autobuz. Să mergem!" Am luat-o înainte.

Afară, Billy şi Richie s-au îndepărtat uşor pentru a veghea. Lee, Bernice şi Latisha erau în interiorul autobuzului, punând produsele în ordine. Walt şi cu mine eram lângă uşi, dând alimentele înăuntru. Carlton şi Heather formau restul echipei. Când goleam un cărucior, doar îl împingeam într-o parte şi îl trăgeam pe următorul.

Billy a spus încet, „Vin!"

M-am întors să văd, iar din partea de nord a parcării, veneau creaturile molie. Veneau într-un roi mare și ar fi ajuns repede la una dintre luminile din parcare. Apoi, câteva s-ar rupe din grămadă și ar căuta o altă sursă de lumină. Apoi altele s-ar desprinde din roiul mare, căutând apoi o a treia sursă de lumină, și tot așa. Mai aveam vreo treizeci de secunde înainte ca acestea să vină peste noi.

„Walt, ia căruciorul! Îl băgăm în autobuz și-l luăm cu noi!" Am ridicat din partea mea, Walt din cealaltă și am băgat căruciorul în autobuz. Latisha s-a așezat pe scaunul șoferului și Richie a urcat la bord, de asemenea.

Eram în panică. „Billy! Vino!"

Billy a urcat la bord și imediat cum Latisha a închis ușile, am putut auzi cum moliile se se loveau de părțile laterale ale autobuzului.

„Sunt inofensive?", a intrebat Latisha.

Eram încă în panică. „Cui îi pasă? Să mergem!"

Latisha nu a avut nevoie de alte îndrumări. A apăsat pe accelerator, iar autobuzul s-a îndepărtat de partea din față a magazinului. Vehiculul mare a lăsat un nor imens gri-negru de fum. Gazele de eșapament erau aparent prea mult pentru molii, pentru că nu au deranjat din nou autobuzul. Au roit doar peste luminile din parcare. Câteva s-au năpustit în fața farurilor autobuzului, dar au fost lovite și aruncate pe asfalt, iar apoi zdrobite sub roțile vehiculului. Autobuzul a plecat din parcare cu scârțâit de roți.

Mergând pe străzile pustii din Pine Valley, cu toții am început să ne relaxăm un pic. Ne-am cuibărit printre proviziile pe care am reușit să le obținem în acel raid de aprovizionare. Walt, Carlton și Heather ni s-au alăturat.

„Paul." Latisha vorbise atât de încet că abia am auzit-o.

M-am dus lângă ea. „Ce este, Latisha?"

A indicat cu mâna în fața ei. „Continuu să văd creaturi. E ca și cum acestea ar fi la marginea farurilor. Dar, atunci când lumina le atinge, se ascund vederii."

„Creaturi?"

Latisha a dat afirmativ din cap. „Da. Sigur, nu sunt oameni."

„Ești sigură?"

A pufnit. „Sunt foarte mari, Paul."

M-am întors spre ceilalţi. „Sunt câteva creaturi mari ce dansează pe la marginea farurilor noastre. Diferite de cele care provin din larve, ce fel de creaturi sunt nocturne? "

„Licurici!", a strigat Heather.

„Miriapode", a spus Walt.

„Mosquitos", a spus Richie.

„Păianjeni", a adăugat Carlton

M-am cutremurat când am auzit de păianjeni. Cerul să ne ajute dacă ar fi şi păianjeni mutanţi printre creaturi.

„Molii, dar le-am văzut deja", a spus Billy.

„Ce spuneţi de furnici? Ies noaptea?", a întrebat Bernice.

„Este de-a dreptul scârbos, ştiu asta Bernice fiindcă trăiam în Florida.

„Carcalaci", a spus Lee.

Am simţit un fior rece de-a lungul spinării la acest gând. Carcalacii se înmulţesc atât de repede şi n-ar mânca aproape nimic. Ar fi aproape imposibil să-i omori, iar oamenii de ştiinţă cred că gândacii ar supravieţui unui holocaust nuclear.

Şi frigul nu i-ar deranja foarte mult.

Cu siguranţă, oamenii de ştiinţă ruşi nu au fost atât de idioţi încât să folosescă gândaci de bucătărie, indiferent cât de mult i-au plătit teroriştii islamici. Dacă au făcut-o, cu siguranţă au condamnat omenirea.

De fapt, alternativa furnicilor era la fel de rea. Furnicile sapă tuneluri subterane şi pot ridica mai mult de câteva ori decât propria lor greutate. Dacă furnicile ar fi fost modificate genetic, nu ar mai fi vreun loc sigur pe pământ.

M-am aplecat spre Latisha. I-am spus pe un ton foarte scăzut: „Nu te opri decât dacă trebuie. Trebuie să plecăm de aici. Să venim noaptea poate nu a fost cel mai bun plan."

Vocea Latishei era la fel de scăzută: „Paul, trebuia să venim, indiferent de ce timp era. Alimente, haine, alte provizii ... nu erau pur şi simplu la îndemână pe lângă cabană."

Am dat din cap. „Stiu."

Ochii lui Latisha s-au lărgit. „Rahat!" A apăsat puternic pe frâne.

În faţa noastră, traversând drumul, era una dintre creaturile miriapod. Era de mărimea unei locomotive diesel. În gură avea o vacă. Aceasta mugea jalnic, evident de durere. Vaca a fost, probabil, singurul motiv pentru care creatura nu a venit după noi.

Toată lumea a putut vedea scena, dar singurul sunet a venit de la Billy. „Nu cred că aş vrea să mă apropii chestia aia."

După ce a trecut creatura, Latisha a început încet să prindă viteză. Nu am mai avut alte incidente cu creaturile până acasă.

Capitolul 10

Când am ajuns înapoi la cabană, Phyl ne aștepta pe verandă. Doctorul Case stătea lângă ea în al doilea balansoar. Ambii erau înarmați.

Le-am prezentat pe Walt, Heather și Carlton și le-am spus despre călătoria noastră. Când am terminat de povestit, majoritatea celor rămași la cabana venise în jurul nostru pentru a asculta. Numai copiii dormeau încă. Când am ajuns la partea despre creatura miriapod și vaca,

s-au auzit o serie de icnete de spaimă, atât din cauza faptului că putea căra o vacă, cât și a dimensiunilor fiarei.

Ca să fiu sincer și corect cu acești oameni, le-am spus și despre chestiile care zburau pe lângă faruri si presupunerile noastre cu privire la ceea ce puteau să fi fost. Le-am spus despre temerile mele relative la carcalaci și furnici și ce s-ar putea întâmpla dacă ADN-ul acestor insecte ar fi fost modificat de oamenii de știință ruși.

Un bărbat din spate a pus o întrebare. „Vrei să spui că există furnici gigantice sub noi acum? În interiorul acestui munte? "

Am clătinat din cap. „Nu asta am vrut să spun. Spun că dacă ar exista, acestea ar putea fi aici. Orbecăim în întuneric, oameni buni. Nu avem cum să știm sigur ce ADN a fost folosit pentru crearea acestor ființe.”

Omul a continuat : „Dar, dacă situația este chiar asta, atunci acestea ar putea veni sub noi oricând! Dacă e adevărat, ar putea veni să ne mănânce în orice moment!”

„Asta e doar o posibilitate improbabilă! Nu știm dacă ele există! "

Omul a devenit țâfnos: „Ei bine, ce naiba știi, domnule?”

„Chiar acum, știi tot ce știu și eu. Orice altceva este doar o speculație și nu avem certitudini care să le susțină. Așa că haideți să nu ne alarmăm în mod neîntemeiat, da?” Mi-am șters fruntea. „Vreau doar ca toată lumea să știe cum stau lucrurile. Nu am tras nici o concluzie cu privire la oricare dintre acestea. Ar fi o prostie să bazăm niște speculații pe lucruri pe care nu le-am văzut."

Omul a tăcut, dar am putut vedea că vorbele sale au făcut impresie asupra unora dintre persoanele de acolo. Teama de pe fețele lor i-a trădat.

„Hai să descărcăm mâncarea și să ne culcăm", am spus. „Se va face zi curând. Putem descărca restul pe lumină."

Câțiva, dar nu toți, au ajutat la descărcarea proviziilor. Alții s-au învârtit puțin pe-acolo, apoi au dispărut.

Phyllis mi-a spus că, dacă am mai face un drum, va trebui să începem să depozităm alimentele în congelatorul lui Susan.

Când am rămas singur cu Phyllis, ea a vrut să-mi vorbească.

„Paul, i-ai speriat pe unii dintre ei în seara asta."

Am dat din cap. „Știu."

„Ai făcut-o intenționat?"

Am reflectat o clipă. „Poate nu să-i sperii, ci să-i fac să cunoască situația și posibilitățile."

„Mă tem că aceste „posibilități" s-ar putea să-i facă pe unele dintre ei să plece."

M-am uitat în ochii ei. „Ar putea să nu fie un lucru rău, Phyl."

„Paul!"

„Condierat totul, am spus că, dacă cineva nu vrea să joace după regulile mele, poate pleca. Dacă sunt prea speriați pentru a înfrunta eventuale alternative prezentate de aceste creaturi și cred că se pot descurca mai bine în altă parte, atunci ei sunt liberi să plece. Le voi da hrană și apă pentru câteva zile și le voi doresc succes ... la fel cum i-am urat lui Ben." Mi-am luat cămașa și am pus-o pe scaunul din dormitor. „Dacă ei cred că pot găsi un loc mai bun sau altcineva care îi poate duce, aș prefera să plece. Nu vreau să însămânțeze nemulțumire sau defetism aici."

„Dar este un lucru bun de făcut?"

„Nu știu. Și nu îmi pot face griji. Trebuie să fac ceea ce simt că este potrivit pentru grup. Nu pot mulțumi pe toată lumea, indiferent de ce alegeri fac."

DUPĂ CE SOARELE A RĂSĂRIT, m-am ridicat şi eu. Phyllis se trezise deja şi se dusese la parter pentru a pregăti micul dejun pentru toată lumea. Nu am putut dormi foarte bine, aşa că am decis că aveam nevoie într-adevăr o ceaşcă de cafea.

Teresa m-a întâlnit la capătul scărilor. „Phyllis trebuie să te vadă."

Am dat din cap, mulţumindu-i fetei. „În bucătărie?"

Teresa a făcut un semn afirmativ..

M-am dus în bucătărie şi le-am găsit pe Phyl şi Berenice preparând micul dejun.

„Bună, dragă", am spus. „Teresa mi-a spus că mă aşteptai."

„Am pierdut aproximativ douăzeci de persoane aseară."

„Cum?"

Phyllis s-a întors şi s-a uitat la mine. „Am spus că am pierdut aproximativ douăzeci de persoane aseară. După ce v-aţi întors. "

„Douăzeci?" M-am aşezat greoi pe unul din scaunele de bucătărie.

Bernice lega un săculeţ de gunoi. „Latisha spus că erau în mare parte de pasageri de-ai ei. Şi câţiva copii, de asemenea."

Billy tocmai intrase în bucătărie cu Lee. „Au luat câteva arme şi muniţii cu ei. Şi alimente pentru câteva zile."

Lee s-a uitat la mine, nedorind să întrebe despre lucrul la care deja mă gândeam. Dar, m-a întrebat totuşi. „Ar trebui să mergem după ei?"

„Nu." Am dat din cap cu fermitate. „Aceasta a fost alegerea lor. Asta nu este o închisoare, iar eu nu sunt un paznic. Dacă cineva decide să plece, atunci vom spune rugăciune tăcută pentru siguranţa lor şi vom merge înainte."

Billy a zâmbit uşor. „Mă bucur să te aud spunând asta, Paul. Noi toţi ne temeam că vrei să faci ceva prostesc."

Am clătinat din nou din cap. „Nu, dacă nu vor să rămână, nu avem nevoie de ei. Poate sună cinic, dar aşa mâncarea va dura mai mult. "

Nu s-a mai spus nimic despre cei care au plecat.

După micul dejun, le-am pus pe Teresa, Heather, Richie, Keith şi Clarissa să descarce restul proviziilor. În timp ce ele descărcau, Richie patrula în curtea din faţă.

„Paul? Poate vrei să vezi cheztia asta."

Am mers la partea din faţă a autobuzului. Încorporată în grila din faţă a autobuzului era una dintre creaturile molie. Aripile i se mişcau încă uşor.

„Richie, du-te şi cheamă-l pe doctorul Case. Repede, acum."

Richie a fugit în cabană. Treizeci de secunde mai târziu, doctorul Case a venit fugind pe la uşa din faţă, cu Richie aproape în spatele lui.

Bunul doctor s-a oprit derapând lângă mine. „Oh, asta e bine! E încă în viaţă! Avem ceva în ce să-l punem? Trebuie să studiez această creatură cât mai mult posibil, în timp ce este încă în viaţă."

Am pocnit din degete. „Am exact ce-ţi trebuie! Keith, Clarissa, veniţi aici."

Keith a venit. M-am aplecat şi i-am şoptit la ureche ceea ce vream si unde se afla. A fugit în cabană sa-l ia. Lui Clarissa, i-am şoptit ceea ce voiam ca ea să aducă şi ea a fugit spre partea din spate a cabanei, cu un rânjet entuziast.

Creatura molie semăna şi cu o molie şi cu o muscă de casă. Aripile, din ceea ce am putea vedea, erau acoperite cu acelaşi fel de praf pe care îl au şi moliile, dar corpul său era compact şi avea formă de muscă. Coada era verde-albastră şi am putut vedea patru picioare. Asta a fost tot ce am putut vedea până am scos-o din grătarul autobuzului.

Clarissa s-a întors prima, aducând o mică bucată de placaj şi o pereche de mănuşi de muncă.

În timp ce îmi dădea cele două lucruri, Keith a ieşit din casă cu un acvariu de zece galoane.

„Perfect! Mulţumesc, copii!" Doctorul Case era entuziasmat.

Mi-am pus mănuşile şi i-am spus dr Case ceea ce vream să fac. „Acum, voi încerca să scot această creatură cât pot de uşor. După ce o scot afară, o pun în acvariu. Dumneata, doctore , vei pune apoi placajul deasupra. Ok? "

Doctorul avea placajul în mâini. A dat din cap. „Bine. Sunt gata, Paul."

Creatura părea să cântăreasca mai putin de cinci kilograme. Corpul său era un pic mai mare decât un cobai. M-am aplecat şi am apucat-o cât de uşor am putut. Era într-adevăr blocată în grătar, dar cu puţine manevre, am reuşit să o scot. Am auzit pe copii icnind, iar Teresa a spus, „Oh, omule!" Am pus creatura in acvariu şi doctorul Case a pus placajul desupra.

Încă nu a văzusem faţa creaturii. Dar am avut ocazia atunci.

Faţa ei era aproape umană. Avea ceva ce semăna cu nasul unui om şi părea rupt. Din „nas" îi curgea sânge amestecat cu lichid negru. Avea o fantă sub nas, cu buzele formate complet şi bărbie. Asta era asemănarea cu omul, în orice caz. Deschidea şi închidea gura ca să respire, iar gura era plină de mici dinţi ascuţiţi. Limba îi atârna afară din gură, era lungă cât corpul său şi era la fel de neagră ca noaptea. Avea doi ochi, câte unul pe fiecare parte a nasului rupt, iar aceştia erau lăptoşi şi goi.

Două lucruri mi-au atras atenţia: aceste creaturi-molii erau larve dezvoltate complet şi aveau ADN uman parţial în bagajul lor genetic!

Au fost ochii goi cei care m-au făcut să realizez de unde proveneau aceste creaturi.

I-am spus doctorului Case ipoteza mea.

„Aţi putea foarte bine să aveţi dreptate, Paul. Aceasta ar explica de ce persoanele infectate mai trăiesc după ce ouăle au început să eclozeze. Organismele infectate recunosc ADN-ul uman. În momentul în care organismele îşi dau seama că larvele sunt periculoase, este prea târziu pentru ca organismul să răspundă."

Creatura a început brusc să ţipe şi să se lameneze zgomotos, fâlfâind din aripi în interiorul acvariului, lovindu-se de geam în încercarea de a scăpa.

Richie a pus rapid o piatră de dimensiuni bune pe partea de sus a placajului. Speram că era destul de grea pentru a ţine creatura în interior.

„Paul, mă poţi ajuta să duc asta în biroul tău?", a întrebat doctorul Case. „Va fi sigur?"

Case a studiat acvariul. „Da, aşa cred. Nu va putea ieşi vie din acvariu."

M-am uitat în ochii medicului. A dat din cap afirmativ pentru a mă asigura. Am dat din cap şi fiecare dintre noi a luat de o parte recipientul din sticlă. Nu era greu, dar nu voiam ca prizonierul nostru să scape dacă ceva se întâmpla ceva cu placajul de deasupra în cazul în care doar o persoană ar fi transportat containerul.

În timp ce mergeam spre veranda cabanei, am strigat la copii. „Keith! Clarissa! Continuaţi să descărcaţi autobuzul, vă rog!"

Tinerii s-au întors la autobuz şi au început să descărce substanţele chimice şi îmbrăcămintea.

Phyllis ne-a întâlnit la uşă. „Paul Stiles, nu se aduce acea chestie în această cabană!"

„Phyllis, trebuie. Doctorul Case ne poate da răspunsuri. "

„Doctorul Case poate să ne omoare pe toţi!"

„Phyllis, suntem deja înăuntru. Suntem atenţi. Şi vom ţine închisă uşa de la birou. Creatura nu va trăi suficient de mult pentru a ucide pe cineva."

„De unde ştii asta? Ai un glob de cristal?"

„Phyllis, destul! Te rog!"

Phyllis a fugit la bucătărie, plângând.

L-am privit crunt pe Dr. Case. „Acest lucru sper să merite."

Observasem ceva la oaspetele nostru. Odata înăuntru, feriţi de lumina soarelui, creatura a încetat să fâlfâie din aripi şi să încerce să scape. S-a aşezat liniştită pe fundul recipientului de sticlă şi ne-a privit cu atenţie.

Am pus acvariul cu atenţie pe o targă de metal a ambulanţei pe care Dr. Case o folosea ca masă pentru examinare. S-a uitat atent la faţa creaturii.

„Incredibil", a murmurat, abia audibil. S-a întors spre mine. „Poţi să crezi au folosit ADN uman în acest fel?"

„Da, pot. Şi asta mă enervează."

Case părea puţin tulburat. „Da şi eu. Dar este fascinant! Cum poate trăi această creatură? Ce mănâncă? Cum se reproduce? Cum ajung ouăle într-un corp uman?"

„Unele dintre aceste lucruri nu le vom afla , nu-i aşa? Am încercat să nu folosesc un ton ameninţător, dar nu am vrut în mod deosebit să ştiu obiceiurile de împerechere ale acelei creaturi.

Case a zâmbit. „Nu, nu vom afla cum intră ouăle în corpul uman. Cel puţin aşa sper." A ridicat din umeri. „Dacă vom afla, nu va fi de la tipul ăsta, dacă nu vin cumva de la mănuşile tale."

M-am uitat în jos. Încă le aveam în mâini. Le-am scos repede şi l-am lăsat pe Dr. Case cu studiile sale. M-am dus la bucătărie şi am luat o pungă termică de un galon, una cu dungi galbene şi albastre care devenea verde atunci când era sigilată corespunzător. Am pus mănuşile în interior, le-am sigilat şi m-am spălat pe mâini bine. Am aruncat punga în coşul de gunoi din bucătărie, pe care l-am dus apoi afară la recipientul în care ardeam gunoiul. M-am întors înăuntru şi m-am spălat din nou pe mâini.

Paranoia este un mare motivator.

Acum a trebuit să uit propria mea paranoia şi să o găsesc pe Phyllis, ca să o pot convinge că paranoia ei nu era întemeiată.

Capitolul 11

O oră mai târziu, cu urechile încă ţiuind de dojana primită de la soţia mea dulce, am auzit din nou pe Keith strigând din curtea din faţă.

„Tată! Tată! Vino aici! Tatăăăă!"

Am fugit afară pentru a vedea care era problema.

Keith m-a văzut. A arătat spre ceva şi a strigat: „Uită-te!"

M-am uitat în direcţia în care a arătat. Ceea ce am văzut m-a şocat.

Manuel, Susan, Michael şi Bobby tocmai ieşeau dintre copaci. Bobby ţinea o frânghie. Legată de frânghie şi târâtă era una dintre creaturile zburătoare după care plecaseră. Era târâtă cu capul înainte, iar funia era legată într-un ham elaborat. Aripile îi erau strânse lângă corp. Avea ochi lăptoşi şi goi. Dar, chiar şi cu ochii goi, emana un sentiment aproape copleşitor de furie ... faţă de noi.

M-am uitat în jur. „Bine v-aţi întors! Şi văd că aţi adus un oaspete!" M-am uitat spre copaci. „Bobby, unde e Nick?"

Bobby clătină din cap o dată. „E o poveste lungă. Vă vom spune totul mai târziu. Suntem toţi epuizaţi. Unde e doctorul Case? "

„Keith, du-te şi cheamă-l pe doctorul Case! Grăbeşte-te!", i-am spus fiului meu.

„Am găsit cuibul. Au dispărut. Aceasta este singurul supravieţuitor, după cât se pare", a pufnit Michael epuizat.

„Viu, cum a cerut doctorul Case ", a adăugat Susan.

Manuel a mormăit ceva în spaniolă, care s-a încheiat cu cuvântul, *muerte*. Moarte.

Pe această notă veselă, doctorul Case trecut prin uşa din faţă a cabanei. S-a oprit la două picioare de trofeul lui Bobby. Vocea lui abia a putut fi auzită.

„Dumnezeule!"

„Ascultaţi, doctore, nu vă apropiaţi prea mult de fundul chestiei acelea. Credeţi-mă. Nu e doar pentru înţepat." Faţa lui Michael arăta dezgust.

„Ce vrei să spui?", a întrebat doctorul.

Bobby oftă. „Este, de asemenea, un organ de reproducere. Am văzut ce s-a întâmplat cu Tyrese şi cu Pablo. Aceste chestiii au depus ouă în ei. Ouăle au eclozat când ambii bărbaţi erau încă în viaţă. "

În acel moment, creatura a ţipat. Din nou, la fel ca cea care a ţipat în curtea din faţă în timpul atacului creaturilor, tare şi foarte ascuţit. Antena i-a vibrat odată cu ţipătul şi botul i s-a deschis larg. După câteva secunde, ţipătul s-a stins.

„Oh, da", a spus Susan. „Am uitat să vă spun că face asta destul de des. Ca şi cum ar striga după ajutor."

M-am uitat la ea. „Aţi distrus cuibul? Şi tot ce era în viaţă în interiorul acestuia? "

Susan a dat afirmativ din cap. „Aşa am facut."

Bobby era aproape de punctul de colaps. „Sper că nu mai sunt şi alţii." Mi-a dat sfoara. „Am de gând să mă întind pe ceva moale şi să dorm o zi sau două. Cu plăcere, doctore Case."

Doctorul Case a tresărit şi, reamintindu-şi de bunele maniere, a spus: „Oh! Da! Mulţumesc, Bobby! "

După ce Bobby şi restul echipei sale au intrat în cabană, am dat frânghia dr. Case. „Poftim, doctore. Chestia aceasta nu vine în interiorul cabanei! "

ÎN SEARA ACEEA, TOATĂ lumea s-a adunat afară, sub cerul înstelat. Temperatura era confortabilă, în jur de zece grade C^0, aşa că nu era prea rece şi ne puteam bucura de noapte. Toţi aveau jachete sau cămăşi în plus pe ei, deci raidul pentru îmbrăcăminte a fost un succes.

Scaunele balansoar si treptele verandei erau rezervate pentru cei patru membri ai echipei de vânătoare. Toţi vreau să audă povestea, aşa, după cină, cu toţii s-au adunat în jurul lor.

Bobby a început. „Sunt două lucruri pe care ar trebui să le menţionez înainte de a vă povesti. Una dintre ele este faptul că nu am văzut nici o forma de viaţă salbatică, cu excepţia câtorva păsări. Deci, dacă nu putem consuma carnea acestor creaturi în siguranţă, avem probleme mari. În al doilea rând, aceste fiinţe-viespi nu sunt singurele creaturi din aceşti munţi."

Au suspinat toţi la această remarca. Doctorul Case nu părea surprins şi deja bănuisem asta.

Bobby a continuat. „Am o teorie despre asta. Dacă nu mă înşel, cele mai multe dintre aceste creaturi sunt cu sânge cald şi au plămâni."

Doctorul Case a dat din cap afirmativ..

„Doctorul Case este de acord. Deci, în cazul în care aceste creaturi au sânge cald şi plămâni ... ei bine, munţii nu sunt atât de siguri cum ni s-a spus." S-au auzit multe murmure. Bobby a ridicat o mână. „Nu este atât de surprinzător. Noi numim aceste creaturi "insecte", dar au ADN-ul de la alte animale, de asemenea ... şi chiar de la oameni."

S-au auzit murmure de acord. Cei mai mulţi dintre ei au văzusera creatura-molie în acelaşi moment al zilei.

Bobby s-a uitat la mine, iar apoi s-a uitat la ceilalţi. „Începusem să ne îndepărtăm şi parcursesem doar milă, când am ajuns la un deal mare de murdărie. Era o deschizătură în partea de sus a dealului, dar nu ne-am aventurat prea aproape pentru a putea vedea ce se afla în interior. Am vazut o creatură intrând în gaură, si ne-a ajuns."

Manuel părea foarte speriat. „Păreau furnici! Mari şi cu aspect urât!"

Bobby a dat afirmativ din cap. „Păreau să aibă mai multe părţi de furnici mai mult decât orice altceva. Le-am lăsat în pace, pentru că nu eram în căutarea acestora. Putem face un raid pentru ele într-o altă zi.

„Ne-am strecurat pe lângă muşuroi sau orice o fi fost şi am continuat să mergem. A trebuit să ne mai ascundem de vreo două ori în mila următoare de creaturi uriaşe miriapod. Una ducea un porc mort."

L-am întrerupt pe Bobby ca să-i spun despre miriapodul din Pine Valley care transporta o vacă.

Bobby a dat din cap. „Par a fi periculoşi, dar nu sunt rapizi. Am putut să fugim de unul care ne urmărea. Mergeam repede, dar nu putea ţine pasul."

„După ce am mai parcurs cinci mile, am auzit bâzâitul bine cunoscut şi am văzut cuibul. Creaturile-viespe găsiseră o peşteră naturală pe cere o foloseau drept cuib." Keith a intervenit: „Eu ştiu peştera! Îţi aminteşti, tată? Am urcat toţi până la ea anul trecut!"

Am zâmbit şi am dat din cap. „Îmi amintesc."

Bobby a zâmbit. „Mă bucur că știi locul. Nick s-a oferit să ne înlesnească intrarea, pentru a vedea ce putem face. Tocmai aruncase o privire în interior atunci când una dintre creaturi - poate era o santinelă - a ieșit din peșteră. Aceasta s-a năpustit asupra lui, l-a apucat cu ghearele și i-a înțepat corpul de mai multe ori cu acul . Apoi, l-a dus în interiorul cuibului, iar Nick urla în tot timpul acesta." Bobby și-a șters fruntea cu mâna. „Dintr-o data, urletele s-au oprit. Nu am știut ce s-a întâmplat cu el, dar am știut că se dusese pentru totdeauna. "

Bobby a luat o înghițitură de cafea din ceașca pe care o ținea.

Susan a reluat: „Ne-am prăbușit atunci cand Nick a fost tras în cuib. Am vrut să intru acolo și să încep să trag în fiecare dintre ele. Manuel m-a reținut, binecuvântat să fie ... pentru că ceea ce am făcut apoi a fost formidabil.

„Am observat că rocile de deasupra peșterii păreau mai instabile decât decât ar fi trebuit să fie, așa că Bobby a venit cu un plan."

Michael a adaugat: "A fost excelent modul în care a funcționat."

Manuel a dat afirmativ din cap. „*Si*. Eu și Michael ne-am apropiat până când am ajuns la o aruncătură de piatră de roci. Bobby și Susan s-au apropiat, astfel încât să aibă intrarea sub tirul aruncătoarelor de flăcări. "

Eu și ceilalți am înțeles ceea ce aveau de gând. Am zâmbit, pentru că era un plan excelent.

Susan a râs. „Când eu și Bobby am deschis focul asupra intrării cu aruncătoarele de flăcări pentru a ține creaturile îninterior, Manuel și Michael au aruncat fiecare câte o grenadă în stâncile de deasupra intrării. Când grenadele au explodat, rocile au închis peștera, iar viespile au fost blocate în interior."

„Prizonierul nostru era în afara peșterii când am atacat și a încercat să intre. Un bolovan

s-a rostogolit de sus și l-a lovit direct în cap", a adăugat Bobby. „Bestia a căzut inconștientă. M legat-o cu bandă cât de repede am putut. În caz contrar, doctorul Case nu ar fi avut specimenul dorit."

Ca la un semn, creatura-viespe a țipat din nou.

Bobby a clătinat din cap. „Face chestia asta de când s-a trezit!"

„Ești absolut sigur că acele creaturi nu pot ieși din peșteră?", am intrebat.

„Dacă nu există o altă cale de ieșire sau dacă aceste chestii nu sunt mai puternice decât am crezut, nu văd cum ar putea", a răspuns Bobby.

Mi-am spus: „Poate creaturile-viespi nu or fi suficient de puternice ... dar dacă erau suficient de puternice creaturile furnici pe care echipa de vânătoare le văzuse? Ar putea două specii de astfel de creaturi să lucreze împreună? Şi ar putea comunica între ele? Aveam nevoie de Bobby, Michael şi doctorul Case, ca să vorbesc cu ei de asta.

Cam aici am încheiat şedinţa de grup. Nu era un grup la fel de mare cum fusese înainte, dar era încă un grup considerabil.

Bobby a venit la mine şi Phyl şi a întrebat despre asta. „A plecat cineva din grup?"

Phyllis i-a răspuns. „Da. Aproximativ douăzeci de oameni au plecat, imediat după ce Paul s-a întors din raid de la Pine Valley. Doar au dispărut în noapte."

Am adăugat: „Şi am mai putea pierde încă vreo câţiva, deoarece aţi vorbit despre muşuroiul de furnici. Asta şi faptul că şi alte creaturi sunt în munţi. "

Bobby a clătinat din cap. „Nu-mi place să-i văd plecând, dar ar putea fi mai bine fără ei."

„Şi tu?", a spus Phyllis. „Asta este aproape exact ceea ce a spus şi Paul!"

Bobby a ridicat din umeri. „Hei, ar putea fi o idee bună. Să se afle în continuă mişcare poate fi mai bine decât stea într-un singur loc. Nu ştim încă."

Am spus cu voce scăzută: „Hei, aş vrea să vorbesc cu tine şi Michael. Credeţi că ne putem întâlni în camera doctorului Case in aproximativ zece minute? "

Bobby a dat afirmativ din cap. „Sigur. Mă duc să-l iau pe Michael."

I-am spus lui Phyl că vin în pat mai târziu şi m-am dus să-l găsesc pe dr. Case.

PATRU DINTRE NOI ERAU în fostul meu birou. Creatura-molie se uita la noi cu ochii săi goi.

Am început discuţia. „Sunt câteva lucruri pe care vreau ... nu, trebuie să le ştiu şi vreau informaţii de la toţi dintre voi."

Toţi au dat din cap afirmativ.

„M-am gândit la ceva în timp ce echipa povestea şi am nevoie de câteva speculaţii. Pot aceste specii diferite să comunice una cu celalaltă? Pot lucra împreună? Ce-ai aflat, Jeremiah?"

Doctorul Case şi-a încrucişat braţele şi s-a gândit puţin. „Am observat că, de când echipa a adus înapoi creatura-viespe, acest mic individ s-a calmat considerabil." A fixat cu bandă adezivă placajul de deasupra acvariului. „Este posibil, cred." A dat afirmativ din cap, mai mult pentru sine. „Este destul de probabil. Nu ştiu de cazuri în care aceste creaturi care s-au atacat reciproc." S-a uitat la noi. „Astfel că, dacă ar fi să speculez, aş spune da, pot comunica."

„Oh, la naiba", a spus Michael.

„Nu e bine", a fost de acord Bobby.

M-am ridicat. „Trebuie să ucidem ambele creaturi acum, înainte de a putea comunica altora unde suntem."

Michael s-a ridicat. „Dacă nu au făcut-o deja."

Dr. Case a dat afirmativ din cap. „Bine. Voi avea grijă eu de asta. Presupun că un glonţ în cap îl rezolvă pe celălalt. "

„Sunt de acord", a spus Bobby.

„Vin şi eu", am spus. „Michael, vrei să-l ajuţi pe doctor?"

„Sigur."

„Bine. Bobby şi cu mine ne întoarcem într-un un minut."

În timp ce eu şi Bobby părăseam sala, doctorul Case deschidea o sticluţă cu cloroform, având o batistă la îndemâna.

Când am ajuns afară, creatura-viespe a ţipat din nou.

„Aproape a chemat ajutoarele", am spus. „Şi, dacă este aşa, avem probleme mari."

Bobby o băgat un cartuş pe ţeavă în timp ce mergeam." Avem, probabil, deja probleme mari, Paul."

Creatura era în spatele cabanei, lăsată în aer liber. În timp ce mergeam spre ea, Bobby a ţintit spre capul creaturii şi a apăsat pe trăgaci. Capul acesteia a explodat, iar corpul i s-a relaxat. Era moartă de-a binelea. Bobby a băgat un alt cartuş în camera puştii, iar de această dată a împuşcat în piept creatura. Pieptul, de asemenea, i-a explodat.

„Trebuia să facem asta", a spus el, întocându-se calm şi mergând înapoi la cabană.

L-am urmat pe prietenul meu poliţist, scufundat în propriile mele gânduri. Nu am observat până când nu ne-am oprit ca Bobby nu mergea înapoi la cabană. Se oprise lângă cisterna de benzina şi luase unul din bidoanele de cinci galoane pe care le păstram pline.

Înţelegând că era pe cale de a arde creatura, am luat un al doilea bidon şi l-am urmat.

Bobby a udat bine creatura, folosind aproape tot bidonul, l-a pus jos şi a scos o cutie de chibrituri. Creatura s-a aprins cu un "FWOOMP" tare si am rămas să ne uităm la ea cum ardea.

„Paul, mă uit eu aici, iar tu mergi înăuntrul şi adu-o pe cealaltă. Trebuie să o ardem şi pe ea."

„Buna idee. Mă întorc imediat."

Când am intrat în cabană, i-am întâlnit pe Michael si doctorul Case. Transportau acvariul. Creatura-molie părea moartă.

„Mort de-a binelea", a spus Michael. „O duceam afară afară. Nu am vrut să o lăsăm acolo."

„Bine", am răspuns. „Luaţi-o înapoi. Acum o ardem pe cea mare şi o vom arde şi pe asta, de asemenea."

Când am ajuns în spate, creatura mare încă ardea. Am luat placajul de pe acvariu şi

l-am aruncat în foc. Doctorul Case aruncat creatura-molie în foc, acvariul şi tot restul.

Bunul doctor a fost serios atunci când a zis: „Să fie sfârşitul lor pentru o vreme."

Ne-am rugat doar ca cererea sa să fie auzită.

ÎN DIMINEAŢA URMĂTOARE, după micul dejun, Richie a venit în fugă în cabană.

„Paul! Trebuie să vii! Billy a auzit ceva la radioul camionului de benzină!"

Sunt sigur că ochii îmi erau cât farfuriile în timp ce fugeam cu Richie spre cabina camionului de benzină. Bobby era deja acolo, iar Michael, de asemenea.

„Este adevărat?", am intrebat cu respiraţia taiată.

Bobby rânjea larg. „Ascultă tu însuţi!" A arătat cu degetul înapoi la cabina camionului.

Billy stătea în interiorul camionului, ascultând transmisiunea. „Am încercat să răspund, dar se pare că suntem prea departe de ei. Acest radio nu are suficientă energie pentru a transmite până la ei. Trebuie să folosească vreo sursă."

Radioul a înviat. „Aici este baza aeriană Fort Simon. Ne aflăm la douăzeci mile nord-vest de Pine Valley. Toți civilii sunt bineveniți aici, dacă puteți ajunge în condiții de siguranță. Ceaturile au controlul aproape asupra întregii lumi, dar aici suntem în siguranță, cu alimente, apă și adăpost."

A fost o pauză, apoi difuzarea a început din nou. Erau variații în modul de a enunța, așa că am știut că nu era o înregistrare.

Vocea de la radio începu să vorbească din nou. „Bună! E grozav să vă aud! Care e poziția voastră?"

„Vorbesc cu cineva!", a spus Billy.

„Hei, asta-i nemaipomenit! Sigur, avem spațiu. Cercetașii noștri au raportat că sunt câteva creaturi miriapod între voi și bază, dar ar trebui să fiți în măsură să le evitați cu ușurință."

Am ascultat tăcerea, apoi vocea a revenit.

„Am putea trimite o escortă, dacă doriți. Avem echipe de câte patru voluntari fiecare, care sunt trimise de fiecare dată când contactăm un grup nou. Vă vor escorta aici și vă vor ajuta să combateți atacurile creaturilor."

Din nou tăcere.

Când vocea a revenit din nou, s-au auzit râsete în vocea vorbitorului. „Sunt sergentul Hayes, domnule. Voi fi bucuros să vă întâlnesc, de asemenea. Vă vom trimite o echipă la acea locație și vă vom aduce aici la loc sigur. Am să vă rog să treceți la un alt canal, canal treisprezece, astfel încât să putem continua să transmitem pe acesta. Mult noroc!"

Tăcere, apoi sergentul Hayes a început să transmită ceea ce auzisem mai devreme.

Billy a oprit radioul. Am rămas toți tăcuți pentru o clipă.

Am rupt tăcerea. „Wow. Douăzeci de mile, dar și creaturi."

Bobby a fost de acord. „Da, fir-ar să fie. Creaturi."

Am oftat. „Bine, trebuie să ne adunăm toți. Toată lumea trebuie să știe despre baza armatei și cred că putem vota dacă să mergem sau nu." M-am uitat la ei. „Mă ajutați să-i informăm pe toți? Ne vom întâlni în curtea din față."

Toți au fost de acord și am plecat să informăm grupul nostru de supraviețuitori.

DOUĂZECI DE MINUTE mai târziu, toată lumea din grup ştia tot ce ştiam şi noi.

Un om din partea din spate a grupului a spus: „Deci vrei să spui că ar trebui să mergem la această baza aeriană?"

Am clătinat din cap. „Nu. Spun doar ce am auzit la radio. Fiind vorba de ceva atât de important, vom vota pentru a hotărî ce să facem."

O femeie ce stătea în picioare lângă el a spus: „Ce crezi că ar trebui să facem, Paul?"

„Brittany, corect?" Femeia a dat din cap. „Brittany, nu am nici o idee." Toată lumea chicotit un pic, dar era în cea mai mare parte un chicot nervos. „Aici, avem mâncare, adăpost şi unele apărări. La Fort Simon, sergentul Hayes a spus că au aceste lucruri, de asemenea. Sunt sigur că apărarea lor e mai puternică decât a noastră, dar, dacă aduni prea mulţi oameni într-un singur loc într-o situaţie ca asta, este greu apoi să-i aperi. Este mult mai probabil să devii o victimă în timp ce aştepţi ca cineva să-ţi spun ce să faci." Am ridicat din umeri. „Hotărârea trebuie să fie luată de către întregul grup de data asta. Ar fi o călătorie lungă, periculoasă, prin munti, şi numai Dumnezeu ştie ce vom găsi pe drum. "

S-au auzit mici murmurări în grup. Michael s-a ridicat şi a făcut semn cu mâinile pentru a avea atenţia celorlalţi.

„Vreau să spun doar un singur lucru, oameni buni. Ţineţi minte că am fost într-adevăr norocoşi până acum, dacă vă gândiţi bine. Dintre cei care am rămas, am pierdut doar câţiva oameni în lupta cu creaturile ... şi asta spune foarte mult, având în vedere restul lumii! Sigur, câţiva oameni au părăsit grupul nostru, şi mă rog mereu ca ei să fie bine. Personal, mai degrabă aş sta aici, dar voi merge unde grupul votează să mergem." Michael s-a întoars brusc şi s-a aşezat. Faţa îi era roşie

Cineva a strigat: „Ce crezi, Bobby?"

Bobby stătea în picioare şi se uita în jur încet la toată lumea. S-ar fi putut auzi şi un ac căzând. „Cred că ar trebui să mergem."

Toţi au început să vorbească, unii spunând: „Serios?", iar alţii: „Glumeşti!" Bobby a ridicat mâinile, cerând linişte, iar grupul s-a potolit.

„Stăm tupilați aici", a continuat Bobby. „Avem apărare bună, dar creaturile ne vor găsi mai devreme sau mai târziu. Atunci când ne vor găsi, vom putea rezista împotriva unui atac susținut? Sigur, le putem arde, dar ce altceva mai avem? Ce altceva putem folosi? "

Walt a ridicat mâna. „Avem produse chimice. Acid boric. Spray împotriva creaturilor."

Bobby a dat din cap. „Da, avem, Walt. Dar nu destul. Rezervele de hrană pot dura până în primăvară, dar ce facem după aceea? "

S-au auzit murmure ale persoanelor contrariate.

Nu cred că ne vor lăsa creaturile să cultivăm nimic, nu-i așa?"

S-au auzit multe strigăte de „Nu!"

„Dar ... dacă ne aflăm printre soldați și noi toți facem partea noastră și suntem atenți, am putea cultiva și supraviețui la Fort Simon." Bobby s-a întors ca să-și reia locul, dar s-a oprit și i-a privit pe toți. „Asta e părerea mea, oricum." S-a așezat.

„O să discutăm despre asta toată ziua?", am întrebat grupul. „Vreau să spun, putem, dacă asta e ceea ce vrei să faceți. Dar eu recomand să votăm, astfel încât să putem începe planificarea, orice am vota. Știți cu toții ceea ce știm, așa că putem reduce speculațiile. Ne vom asuma riscul și ne vom îndrepta spre Fort Simon sau vom risca și vom rămâne aici toată iarna?"

Cea mai mulți se uitau unii la alții. Phyllis s-a uitat la mine, întrebându-mă cu ochii ceea ce vream să fac, iar eu am ridicat din umeri. Nu știam. Când Phyllis a ridicat din umeri, am știut că vom sta aici, indiferent de rezultatul votului.

M-am întors spre Michael și Bobby și le-am cerut să mă ajute să număr voturile. Ambii au dat afirmativ din cap și s-au ridicat.

Am ridicat mâinile, cerând liniște. „Bine, e timpul să votăm. Ridicați mâna când pun fiecare întrebare." Câțiva au dat din cap în semn că au înțeles. „Bine, cei dintre voi care cred că ar trebui ... Sfinte Sisoe!"

Zgomotul de drujbă a fost rapid și tare în timp ce curtea se umplea de creaturi-viespi. În același timp, creaturi-miriapode treceau linia copacilor într-un ritm constant. În spatele lor veneau mai multe creaturi-furnici, dărâmând copaci și aruncându-i la mai multe picioare de ele pe măsură ce se apropiau de grupul nostru. Zburând alături de creaturile viespi erau aproximativ cincizeci de același tip de creaturi pe care le văzusem la magazin în oraş. Fiecare avea o trompă lungă, ascuţită şi o singură antenă între ochii negri, goi.

Creaturile ne-au luat prin surprindere.

Şi lucrau împreună.

„Copiii!", am strigat. „Phyllis, du copiii în interiorul camionului de lapte şi închide uşa!" Ea a adunat cei cinci copii şi i-a dus repede spre camionul de lapte.

Nu a trebuit să spun nimănui să înceapă să tragă în creaturi. Trăgeau deja în tot ce zbura sau era mai mare decât ei. Dar, surpriza a fost completă - mulţi dintre noi nu aveam armele în mâinile atunci când au venit creaturile, şi am pierdut secunde preţioase ca să le luăm, să tragem siguranţele şi să ne asigurăm că erau încărcate.

„Aruncătoare de flăcări! Luaţi aruncătoarele de flăcări!", am strigat. „Billy! Du-te la camionul de benzină! Umple şanţul!"

Billy a auzit şi a fugit în acea direcţie. Înainte de a sări peste cele cinci trepte, o creatură furnică l-a prins. L-a apucat cu cleştii şi l-a rupt în două. În timp ce murea, Billy a tras cu arma în capul creaturii, iar aceasta a murit împreună cu el.

Am numărat zece creaturi miriapode. Şapte dintre ele aveau oameni în gură şi se întorceau spre linia în copacilor. Aveau un fel de armură, la fel ca un armadillo, şi gloanţele nu păreau să-i penetreze.

Richie a decis să preia el ceea ce vrea să facă Billy şi şi-a făcut drum până la camionul de benzină. A reuşit să ajungă. Instalasem un fel de ţeavă de umplere care pornea de la locul în care în mod normal se ţine furtunul folosit pentru a pune benzină în rezervoarele subterane de la postul local de gaze, până la şanţul pe care îl construisem. Tot ce trebuia făcut era să fie sucit un comutator, iar benzina ar fi curs prin conducta de alimentare în şanţ. Richie a început să umple şanţul. Eschiva atacurile creaturilor zburătoare în timp ce aştepta, trăgând cu arma în toate care-l atacau. Creaturile viespi nu puteau ajunge la el, pentru că autobuzul era parcat foarte aproape de camionul de benzină. Zburătoarele mari nu puteau intra între cele două vehicule pentru a ajunge la Richie.

Cineva a adus cele trei aruncătoare de flăcări şi i-a dat unul lui Michael. La legat bine la spate şi a ţintit spre una dintre creaturile viespi. În puţin timp a fost învăluită în flăcări şi câteva dintre creaturile zburătoare au urmat-o îndeaproape când s-a prăbuşit la pământ, ţipând şi arzând. Am auzi şi alte ţipete şi am sperat că veneau din gurile altor creaturi care mureau, şi nu de la vreunul dintre oamenii noştri.

Spre groaza mea, am putut vedea o creatură furnică încercând să răstoarne camionul de lapte. Cum am văzut, am încercat să țintesc creatura, dar cineva m-a îmbrâncit când am apăsat pe trăgaci, și nu am nimerit. O a doua creatură furnică a apărut lângă prima, și amândouă au reușit întâi să clatine camionul si apoi să-l răstoarne pe o parte. Speram doar că Phyllis și copiii să nu fi fost răniți în interiorul compartimentului solid din spatele camionului.

Michael a văzut creaturile furnici atunci, și a îndreptat aruncătorul de flăcări spre ele. Au început imediat să țipe și să facă o cursă nebunească înapoi spre copacii din jurul proprietății. Unele dintre tufișuri luseră foc, dar nu-mi păsa.

Câteva persoane erau pe jos, cu creaturi zburătoare hrănindu-se din fluidele corpurilor lor. Trompele creaturilor zburătoare erau înfipte în corpul persoanelor pe care se aflau și arătau ca niște tuburi de jumătate de inch inserate în fiecare persoană. Creaturile zburătoare trebuie să fi fost țânțari în parte, pentru că ei se îmbuibau literalmente cu orice fluid pe care-l puteau suge. Majoritatea oamenilor căzuți nu se mai mișcau, iar creaturile erau foarte lente odată ce erau îmbuibate. Nu puteau zbura foarte bine, și le-am doborât rapid. Oamenii nu au fost atât de norocoși.

Richie a trebuit să fugă de la camionul de benzină, deoarece unele dintre creaturile furnici au scurmat pe sub camion pentru a ajunge la el. În timp ce fugea, o creatură viespe în flăcări s-a prăbușit în șanț pe partea opusă a proprietății, iar șanțul s-a aprins imediat. A prins patru dintre creaturile miriapod, făcându-le să ardă. Creaturilor furnici le-a fost tăiată calea de scăpare, și am început să le executăm repede. Mai multe dintre creaturile zburătoare și creaturile viespi au fost cuprinse de flăcări pe măsură focul se propaga de-a lungul șanțului. Două dintre ele s-au prăbușit pe cabană, care la scurt timp a început să ardă.

Șanțul a funcționat bine, cu excepția unui mic lucru.

Richie nu a reușit să închidă valva de benzină de la camion înainte de a se îndepărta de el.

Flacăra a găsit calea către țeava instalată pentru scurgerea benzinei și a ajuns rapid până la camion. Adăugându-se haosului existent deja, camionul a explodat cu o minge de foc uriașă care a cuprins toate celelalte vehicule care au fost parcate în apropiere. Singurul vehicul care a supraviețuit a fost camionul de lapte.

Şocul exploziei i-a trântit la pământ pe cele mai multe dintre persoanele care au supravietuit din grupul nostru şi a făcut creaturile să se retragă ... cele care se mai puteau retrage, în orice caz.

Acum, fiecare clădire de pe proprietate ardea, iar curtea din faţă era plină de morţi şi oameni pe moarte ... şi creaturi. Trebuia să plecăm de acolo rapid.

Am fugit la camionul de lapte şi am deschis forţat uşa din spate. Phyllis şi copiii toţi au ieşit de-a buşilea. Bobby a apărut de nicăieri şi m-a ajutat să îi ridic în picioare. Aveau contuzii, dar nimic rupt.

Susan a venit în fugă spre noi şi a spus: „Trebuie să ne retragem în cabana mea! Să mergem!" Avea o tăietură la cap, care sângera, şi sângele-i acoperise jumătate din faţă. „Focul

de-a lungul şanţului e gata să se stingă! Putem sări peste el! Veniţi!"

Am urmat-o împreună cu puţinii supravieţuitori rămaşi.

Nu erau mulţi.

Phyllis şi eu, Bobby, Susan, Latisha, Richie, Walt, Teresa, Michael, Millie, doctorul Case Jeremiah, Heather şi cei cinci copii - Keith, Clarissa, Zach, Martin şi Emily. Şaptesprezece persoane. Era tot ce a mai rămas.

Capitolul 12

S untem aproape de sfârșitul poveștii noastre.

Am traversat șanțul, adulții ajutându-i pe copii să sară peste, și am reușit să urcăm pe munte până la cabana lui Susan. Am vorbit puțin în timp ce urcam și, odată ajunși la cabana, ne-am așezat, uitându-ne fix în gol. Cu toții aveam tăieturi minore, contuzii și arsuri.

Jeremiah ne-a diagnosticat ca fiind în stare de șoc.

Nu zău?

Singurele haine pe care le mai aveam erau cele pe care le aveam pe noi, și singurele arme erau cele pe care le transportam.

Aveam mâncare, desigur. V-am spus că cabana lui Susan era cam la fel ca a noastră, cu mori eoliene, panouri solare și o anexă pentru camera frigorifică.

Nu, nu mâncarea era problema.

Speranța ne fusese luată.

Puțina speranță de care reușisem toți să ne agățăm fusese spulberată de atacul creaturilor și a dispărut în fumul infernului. Ne-am iluzionat că eram în siguranță și puteam supraviețui.

Dar insectelele aveau alte idei și ne striviseră la fel de ușor cum noi am putea ... ei bine ... să strivim o insectă.

Eu, Bobby și Michael am decis a doua zi să mergem înapoi ca să vedem dacă mai era ceva am fi putut salva. Fumul, care a putut fi văzut toată ziua precedentă înălțându-se printre copaci, se disipase, rămânând doar un mic fuior negru. Susan a decis să meargă cu noi și, de asemenea, Latisha.

„Voi nu plecați nicăieri fără mine", a spus hotărîtă Latisha.

Am lăsat pe Walt și Richie de pază, iar noi ne-am dus cu atenție în josul muntelui.

Cabana era cea care încă mai fumega. Lemnul arsese repede, şi o pată neagră pe fundaţia de beton era tot ce a mai rămăsese din casa noastră de vacanţă de vis.

Toate vehiculele au fost arse complet, inclusiv a lui Susan, care fusese adusă cu câteva zile mai devreme. Maşina lui Cheryl era încă la cabana lui Susan, dar a fost umplută cu larve moarte şi creaturi-molii moarte. Nu se putea folosi.

Celulele solare fuseseră dărâmate la pământ. Anexa generatorului era arsă din temelii, iar echipamentul din interior fusese împrăştiat, ca şi bateriile, de altfel. Dinamurile eoliene erau răsturnate. Casa fântânii arsese, iar plasticul înfăşurat pe filtrul din partea de sus a fântânii se topise şi acoperise partea superioară. Am putea deschide, probabil, fântâna, pentru a folosi apa, dar de ce să facem asta? Nu mai rămăsese vreun adăpost acolo. Totul arsese atunci când camionul cu benzină explodase.

Corpurile persoanelor moarte dispăruseră şi la fel şi ale creaturilor moarte.

Am presupus că au fost toţi luaţi de creaturile furnici, pentru a fi utilizaţi ca alimente, deoarece asta este ceea ce fac de obicei furnicile. Nu a comentat nimeni.

Erau câteva arme pe care le-am recuperat şi un ceva muniţii. Stând în mijlocul curţii din faţă, nedeteriorată şi fără nici un motiv de a fi acolo, era acolo cutia care conţine pistolul de semnalizare si rachete de semnalizare. În mod uimitor, supravieţuise atât exploziei cât şi focului. Am luat-o.

Erau şi câteva articole de îmbrăcăminte împrăştiate prin jur, pe care le-am luat, de asemenea.

Am luat şi o parte din hrana congelată care zăcea împrăştiată prin jur. Nu erau prea multe care nu au arseseră sau nu se decongelaseră la soare, dar am luat puţinul pe care l-am găsit.

După ce am adunat ceea ce am putut şi ne-am asigurat că nimeni nu mai trebuia să fie îngropat, am urcat din nou pe munte la cabana lui Susan.

Am depozitat puţinul pe care l-am recuperat şi am spus celorlalti ce am văzut. Şi asta a fost tot.

DIN ORDINUL DOCTORULUI Case, am luat-o uşor, lăsând totul pentru săptămâna următoare. Trebuia să ne vindecăm şi să ne odihnim.

Plecăm.

Am decis că nu putem sta aici. Cu toţii credem că ar fi o mare greşeală. Ar fi doar o chestiune de timp înainte ca creaturile să ne găsească din nou şi să ne atacae. Am putea supravieţui sau nu. E mai puţin de lucru aici, la cabana lui Susan, deoarece majoritatea mijloacelor defensive erau la cealaltă cabană. Benzină nu mai era, cu excepţia puţinului stocat pentru generatoare, astfel, fără aceasta, şanţul este destul de inutil.

Am pierdut acidul boric şi celelalte substanţe chimice pentru insecte în explozie şi în incendiu.

Tot ce a rămas sunt armele noastre - câteva puşti, vreo două pistoale şi două aruncătoare de flăcări, care sunt aproape fără combustibil. Susan are un pulverizator de gradina - unul dintre acelea la care trebuie să fie pompezi manual pentru a avea presiune. L-am umplut cu benzină, astfel că îl putem folosi împreună cu pistolul de semnalizare dacă va trebui să dăm foc vreunei creaturi atunci când aruncătoare de flăcări vor rămâne fără combustibil.

Am menţinut paza douăzeci şi patru ore pe zi şi am împărţit schimburile. Michael a reperat o creatură miriapod printre copaci acum trei zile, şi, noaptea trecută, Richie a tras câteva focuri şi a doborît două creaturi molii. Am fost surprinşi să le vedem sus pe munte, dar ajunseseră într-adevăr şi acolo.

Frigul nu ţinea creaturile departe. Sunt cu siguranţă cu sânge cald şi cresc tot mai mari. Creaturile molii doborîte de Richie aveau dimensiunea unui Labrador Retriever.

Mi-am petrecut ultima săptămână folosind caiete de notiţe de ale lui Susan pentru a scrie ceea ce s-a întâmplat. E o corvoadă să scrii de mână... dar a fost foarte terapeutic, de asemenea.

Plecăm mâine dimineaţă în direcţia nord-vest spre Fort Simon. Vom merge pe jos, deoarece vehiculele nu mai sunt o optiune. Va trebui să trecem doi munţi şi trei văi lungi înainte de a ajunge acolo. Va fi o excursie de lungă.

Iarna se apropie, iar nopţile vor fi reci. Şi nu ştim ce ne aşteaptă de-a lungul acestui drum. S-ar putea să moară unii dintre noi din când în când, dar este un risc pe care suntem dispuşi să ni-l asumăm.

Deoarece creaturile ştiu că suntem aici.

Voi lăsa aceste însemnări pe masa din sufragerie aici, în cabana lui Susan. Poate, într-o zi, le pot recupera. Sau, poate că altcineva va veni şi le va găsi, câştigând puţină speranţă din experienţele noastre.

Deoarece speranţa este singurul lucru care ne separă de creaturile cu ochi goi.

DESPRE AUTOR: T.M. Bilderback este un fost crainic radio, având multe idei de povestiri în minte, toate bazate pe melodii clasice. Autorul trăiește în prezent în Tennessee; scrie febril, cu scopul de a oferi fiecarei povestiri spațiu pe paginile unei cărți.

Alte lucrări de T. M. Bilderback

Nicholas Turner

Dacă mi-ai putea citi gândurile

Justice Security

Mama Mi-a Spus Să Nu Vin

Cineva M-a Salvat În Seara Asta

Jackie Blue

Trezește-mă Înainte Să Pleci

Sâmbătă În Parc

Parcul MacArthur

Micul Toboșar

The Night Chicago Died

Jim Dandy

Cow Patty

Hell's Bells

Povestiri din ținutul Sardis

Nu mai veni pe aici

Ferma Tânărului

The Devil's In The Details

I'm Your Boogie Man

Alte Povestiri

Epava Edmund Fitzgerald

Aurul

Copilul Zvăpăiat În Oraș

Leul Doarme În Seara Aceasta

Heart Of Glass

Eli's Coming

Ochi Goi

Greatest Hits

Don't miss out!

Visit the website below and you can sign up to receive emails whenever T. M. Bilderback publishes a new book. There's no charge and no obligation.

https://books2read.com/r/B-A-KAW-MHADB

BOOKS 2 READ

Connecting independent readers to independent writers.

www.ingramcontent.com/pod-product-compliance
Lightning Source LLC
Chambersburg PA
CBHW020659180626
46816CB00003B/1354